書下ろし

龍眼

隠れ御庭番・老骨伝兵衛

佐々木裕一

祥伝社文庫

目次

第一話　風呂焚《た》き伝兵衛《でんべえ》

一

大釜に湯を沸《わ》かし終えた伝兵衛《でんべえ》は、かまどの火で火照《ほて》った顔を濡らした手拭《てぬぐ》いで冷やしながら、品川《しながわ》の海を眺《なが》めた。

東の空が明るくなり、海の彼方《かなた》から日が昇りはじめると、伝兵衛は着物の裾《すそ》を端折《はしょ》って、掌《てのひら》をぱんと鳴らして揉《も》み手をすると、桶《おけ》を摑《つか》み、筧《かけひ》を使って湯船に薬湯を流し込んだ。

大釜に沸いているのは、伝兵衛自慢の薬湯である。世話になっている壽屋《ことぶきや》の泊まり客に、薬湯につかって疲れを癒《いや》してもらうために沸かしていたのだが、肌にいいというのが評判になり、近頃は、品川の旅籠《はたご》で働く飯盛女《めしもりおんな》たちが朝湯につかりに来るようになっていた。

壽屋は、品川で五代続く旅籠だが、五年前にあるじの六左衛門《ろくざえもん》が心の臓の病でぽっくり逝《い》ってからは、妻のおふじが後を継ぎ、細腕一本で宿を守っている。

伝兵衛が壽屋の風呂焚きになったのは昨年からだが、薬湯のおかげで、おふじから頼りにされていた。

今年の正月で五十路《いそじ》を迎えた伝兵衛は、飯盛女たちから伝さんと呼ばれて親しまれ、裏で湯を沸かす仕事に精をだしていても、背中を流せだの、肩を揉んでくれなどと、声をかけられる。中には駄賃までくれる者もいるので、いい酒代になるのだ。

壽屋は、客に身体を売る飯盛女を置いていないが、おふじは、伝兵衛の薬湯に入りたいという飯盛女たちの願いを聞きいれて、朝風呂のみを使わせている。

おかげで伝兵衛は、朝に夕にと風呂を沸かさなければならないが、苦に思っておらず、今朝も、せっせと湯を沸かしていた。

湯船一杯にためたところで湯加減をみて、伝兵衛は裏口の戸を開けた。

しばらくすると、仕事を終えた女たちが連れだってやって来て、風呂に入った。

伝兵衛は湯が冷めぬように、

「熱いのを送るよ」

声をかけて湯を流し込んだ。

かまどに薪《まき》を焼《く》べ、火の守りをしていると、風呂場の格子窓から白い手を出して、手招きする者がいた。

「伝さん、背中流してちょうだいな」

色っぽい声で頼んだのは、品川でも一、二を争う売れっ子だ。

「おたつさんだね。あいよ、今すぐ行くよ」

壽屋の隣にある海乃屋《うみのや》で働くおたつを目当てに来る客は、江戸だけでなく、駿府《すんぷ》あたりからもいるほどだ。

そんなおたつに頼まれて、伝兵衛はごめんなさいよと声をかけて、風呂場に入った。

他にも客はいたが、伝兵衛に裸を見られて文句を言う者はおらず、次はあたし、その次はあたしと、声をかけてくる。

伝兵衛は女たちに愛想笑いで応じておいて、おたつの所に行った。

「それじゃ、流しやすよ」

男を虜《とりこ》にするおたつの柔肌に湯をかけて、丁寧に背中を流しているうちに、おたつは舟をこぎだした。

伝兵衛は背中を流し終えると、肩を揉みながら、起こしてやった。

「お疲れのようだが、昨夜は、上客だったのかい」

おたつは口では答えずに、笑みで応じた。

「そいつは、良かったな」

伝兵衛は深く訊《き》かず、次の客に向かった。

「おつうさん、流しますよ」

伝兵衛が声をかけると、湯船につかっていたおつうが立ち上がり、座って待つ伝兵衛の顔の前に尻を向けて、色っぽく座った。

普通の男がこの光景を見れば羨《うらや》ましがるだろうが、伝兵衛は、ここに来る女たちのことを家族のように大切にし、娘のように、愛おしく想っているので、妙な気にはならなかった。

おつうの背中に湯をかけて、伝兵衛は右肩に目をとめた。

「おや、おつうさん、ここ噛《か》まれたのかい。歯形が浮いてるよ」

「もう、あれほど噛んじゃだめって言ったのに」

おつうは気づかなかったらしく、手で擦ると、ため息を吐いた。

「このままだと痣《あざ》になるな。薬をあげるから、風呂上がりに塗るといいや」

「それ塗ると、痣にならないの」

「騙《だま》されたと思って塗ってみなよ」

おつうの背中を流し、別の女の肩と腕を揉んでやると、今日も艶《つや》がいいや、などと褒《ほ》めてやり、外に出た。

朝の仕事を終えた伝兵衛は、旅籠の下男下女たちと遅い朝餉《あさげ》をいただくために、板場に入った。

土間に置かれた長床几《ながしょうぎ》に腰かけて、白飯にとれたてのたまごを落とし、醬油《しょうゆ》をかけてかき混ぜると、忙《せわ》しく口へ流し込んだ。

「おい、伝さんよう」

そう声をかけたのは、板場を仕切っている梅吉《うめきち》だ。

梅吉は、伝兵衛の茶碗を覗《のぞ》き込むと、腕組みをして嘆息を吐いた。

「いくらなんでも、醬油かけ過ぎだろう。真っ黒じゃないか」

伝兵衛は、からからと笑い、

「朝から大汗をかいたんでね、塩っ辛いものが食べたくてしょうがないのよ」

惚《とぼ》けたように言うと、梅吉が、今朝もおたつの背中を流したのかと、恨めしげに見ている。

見ていたかと思うと、横に座り、顔を寄せてきた。

「伝さん、これあげるから、今度、覗かせてよ」

まわりの目を盗んで、手に持っている落雁《らくがん》を見せた。ただの落雁ではなく、大名家御用達の、吉兆屋《きっちょうや》の落雁だった。

甘いものに目がない伝兵衛は、年に一度も拝《おが》めぬ高級菓子にごくりと喉《のど》を鳴らしたが、

「馬鹿言っちゃいけないよ。みんなくつろぎに来てるんだから、邪魔しちゃいけねぇや。おたつの裸が見たけりゃ、隣へ堂々と会いに行けばいいだろう」

「馬鹿、声が大きいよ」

梅吉が言った時には、もう遅かった。朝餉を食べていた仲居のおきくがじろりと睨《にら》み、茶碗を置いた。

「あんた、海乃屋さんがどうしただって?」

「いや、その、あれだ……」

恐れおののく梅吉の手から落雁を奪った伝兵衛は、たまご飯を流し込むと、知らん顔で裏庭に出て、休むことなく薪割をはじめた。

板場から聞こえるおきくの怒鳴《どな》り声を聞きながら、

「叱《しか》られるうちが、華だぁね」

伝兵衛はそう言って笑い、斧《おの》を振るった。

一刻ほど黙々と斧を振るった伝兵衛は、割った薪を積み上げると、今度は薬湯に使うしうどや、よもぎを採りに、御殿山《ごてんやま》に行こうとした。

その前に、落雁を食べようと思いつき、薪割に使う丸太に腰かけた。女将《おかみ》のおふじに声をかけられたのは、唇を舐《な》めて、落雁を口に入れようとした時だった。

「伝さん」

大口を開けていた伝兵衛は、落雁を食べるのをやめて、返事をした。

「へい」

竿《さお》に干《ほ》している薬湯用の草の下をくぐり、おふじがやって来た。

上等な着物をぱりっと着こなすおふじの小粋《こいき》な姿は、伝兵衛の目を細めさせた。

今年三十八歳になったとは思えぬ若々しさのおふじは、美人ではないが、愛嬌《あいきょう》のある顔立ちをしていて面倒見が良く、男女を問わず、客に好かれる。壽屋は、飯盛女を置かないので、女の客や夫婦連れが多いのだが、飯盛女を嫌う侍も泊まり、品川でも指折りの繁盛店だ。毎日忙しいおふじは、剣術道場に行く一人息子の喜之助《きのすけ》の供を、伝兵衛に頼んだ。

今年十三歳になった喜之助は、おふじに言わせると、顔は父親に似ているらしいのだが、柔和《にゅうわ》な顔立ちのとおり気が優しく、男子より、女子の遊びを好むような子供だった。

幼い頃から、ちゃんばらごっこをして遊ぶ男子たちの中には入らず、幼馴染《おさななじみ》の女子と花摘みをしたり、手毬《てまり》で遊ぶような子供だった。

そんな息子を案じたおふじが、知り合いの剣術道場のあるじに頼み、この春から通わせていた。旅籠の息子なので正式な入門は許されていないが、見習いとして、一月のうちで五がつく日だけ、竹刀《しない》を握ることを許されていた。

おふじに供を頼まれた伝兵衛は、今日が十五日だと思い出し、喜之助を迎えに表の庭へ行った。

喜之助の部屋の濡れ縁に手をついて、

「坊ちゃん、行きましょうか」

声をかけたが、返事がなかった。

「坊ちゃん?」

首を伸ばして部屋の中を覗くと、喜之助がこちらに尻を向けて、部屋の隅でうずくまっていた。

「おや、どうしたんです、坊ちゃん」

返事はなく、苦しそうに呻《うめ》き声をあげている。

廊下に気配を感じて目を向けると、おふじが小声で仮病だと言って顔をしかめ、顔の前で手を振った。

頷《うなず》いた伝兵衛は、唇をぺろりと舐めると、濡れ縁に腰掛けて、喜之助に声をかけた。

「坊ちゃん、腹が痛いんですか」

「うん、すごく、痛い」

「そいつは残念だ。梅吉さんから、吉兆屋の落雁をもらったんで、坊ちゃんと分けて食べようと思ったんですがねぇ」

そういうと、喜之助の耳がぴくりと動いた。喜之助は、吉兆屋の落雁が好物なのだ。

「それじゃ、あたしが全部いただきますよ」

伝兵衛はそう言って、落雁を取り出した。

「ほほ、真っ白くて、旨《うま》そうだ」

舌鼓《したつづみ》を打って大口を開け、薄目を開けて見ると、喜之助がこちらを向いて、物欲しそうな顔で口を開けていた。

伝兵衛がうひひと笑うと、喜之助がはっと我に返り、慌てて腹を押さえた。

「さ、行きましょうか」

「どうしても、行かなきゃだめなのかい」

「女将さんに心配かけたらだめですよ、坊ちゃん」

「身体を鍛《きた》える方法なら、ほかにもあるじゃないか。剣術なんか、もうやりたくないよ、痛いから」

「剣術は、身体を鍛えるだけじゃなくて、心を鍛えることができる。女将さんは、坊ちゃんに強い男子になってもらいたいんですよ」

「無理だよ。おいらには」

伝兵衛は、喜之助の顔を見つめた。

「坊ちゃん、道場で、何かあったので？　誰かに、意地悪をされているんですか」

「そんなんじゃないよ。侍でもないのに、厳しい稽古《けいこ》をして剣術を習っても、無駄だと思ったんだ。おいらは、剣術より、生け花を習いたい。父《とう》さまのように、人に褒められる花を生けられるようになりたいんだ」

「そう思っているなら、女将さんにおっしゃったらどうです」

伝兵衛は、廊下で立ち聞きしているおふじをちらりと見た。いやいや通う喜之助のことを、可哀想《かわいそう》だと思っているのだ。

「そんなこと、言えないよ」

喜之助が、あきらめたように言った。

「どうしてです？」

「約束したんだ。父さまが死んだ時に」

「何をです？」

「身体を鍛えて、長生きするって」

「そうでしたか。女将さん、喜ばれたでしょう」

伝兵衛が感心して言うと、喜之助は、約束した時のことを思い出したのか、すっくと立ち上がり、竹刀と防具の袋を持った。

伝兵衛は、身を隠すおふじに頷いて、道場に行く喜之助の供をした。

品川宿は、東海道《とうかいどう》第一の宿場であり、江戸からも近いとあって、大変な賑《にぎ》わいをみせている。

喜之助は、生まれ育ったこの宿場を知り尽くしているだけに、近道となる路地を選ぶのだが、途中で人が多い大通りに出ても、縫《ぬ》うように歩んでいくので、これまで供をしていた下男たちは、いつも置いて行かれていた。

伝兵衛は、すばしこい喜之助の背中にぴたりと寄り添って、供の体裁《ていさい》を保ちつつ、歩んでいる。

喜之助が通う一刀流の道場の近くまで行った時のことだ。通りの先で、悲鳴があがった。

「暴れ馬だ！」

誰かが叫ぶのと、通りに砂塵《さじん》が上がるのが同時だった。

馬蹄《ばてい》が地を蹴《け》る音と悲鳴が通りに響き、行き交《か》う大勢の人が一斉に左右に分かれ、恐怖にうずくまる者、妻をかばって身を伏せる者、駆けて逃げ出す者で、大混乱となった。

馬の扱いに自信があるのか、一人の侍が通りの真中に立ち、両手を広げた。大きく息を吸って気合を吐き、馬を止めようとしたが、馬は止まるどころか、勢いを増して突っ込んでくる。

「ひっ」

身の危険を感じた侍が、慌てて横に跳び、桶屋が並べていた桶に頭から突っ伏した。

伝兵衛はいち早く喜之助の袖《そで》を引っ張り、米屋の中に逃がして、様子を窺《うかが》っていたのだが、馬は止まる気配がない。このままだと怪我人《けがにん》がでると思ったが、人目が多いので、手をこまねいていた。

馬が目の前を駆け抜けた時、二人の宿場役人が駆けつけて、道を塞《ふさ》いだ。両手を広げ、どう、どう、と大音声《だいおんじょう》で叫ぶと、馬が止まり、嘶《いなな》きながら前足を高く上げた。

役人が素早く手綱《たづな》を取り、馬を落ち着かせたことで、ようやくおとなしくなった。人々から拍手喝采《はくしゅかっさい》が送られ、二人の宿場役人は、英雄気取りで手を上げている。

「坊ちゃん、前田《まえだ》様と、富岡《とみおか》様がやりましたよ」

伝兵衛は、自慢げな顔で馬の手綱を引く役人を喜之助に見せて、あの二人は、剣の達人だと、教えてやった。

剣を極めれば、このような騒ぎの時も役に立つのだと教えると、喜之助は、役人に憧《あこが》れの眼差《まなざ》しを向けて、頷いた。

「さ、道場に参りましょう」

「うん」

伝兵衛は米屋に礼を言って、喜之助を道場に送り届けた。

門前の片隅に腰かけて、約一刻の稽古が終わるのを待つと、出てきた喜之助を迎えて、壽屋に連れて帰る。これが、伝兵衛の役目である。

稽古を終えて出て来た喜之助は、久々に汗を流して気持ち良かったのか、今朝とは違い、明るい顔をしていた。

伝兵衛は、そんな喜之助を、海辺に誘った。

品川の海が見渡せる場所に肩を並べて座り、袖から紙包みを出した。

「全部、お食べなさい」

吉兆屋の落雁を見て、喜之助が喜んだ。

壽屋の跡取り息子なら、吉兆屋の菓子などいくらでも食べられそうなものだが、甘いものは太ると言い、おふじが滅多に食べさせなかった。

甘いものが好物の伝兵衛は、美味《おい》しそうに食べる喜之助を見ていると嬉《うれ》しくなり、目を細めた。

「稽古は、どうでしたか」

「今日は、楽しくやれたよ」

「それは良かった。暴れ馬と、前田様、富岡様のおかげですな」

「剣術が強くなれば、本当に、あのようになれるのかい？」

「なれますとも」

「それじゃ、おいら、強くなるよ。もっと道場に通えるように、母さまに頼んでみる」

喜之助はそういうと、落雁を頰張《ほお》り、走って帰った。

伝兵衛は、喜之助を追おうとしたのだが、気配を察して、走るのをやめた。喜之助を追って歩みながら、

「なんの用だ」

背後に迫る者に問うた。伝兵衛の顔つきは、先程まで見せていた呑気《のんき》そうな老爺《ろうや》の顔ではなく、きりりと引き締まっている。

伝兵衛の後ろで一定の間を開けて歩んでいるのは、薬売りの形《なり》をした男だ。

その薬売りに、伝兵衛は見覚えがあった。伝兵衛の元上役である、元御庭番、川村《かわむら》左衛門《さえもん》の屋敷で見た顔だ。

「川村様の使いか」

そう訊くと、薬売りは間合いを詰めて、声をかけてきた。

「お手を後ろに」

伝兵衛が言われたとおりにすると、書状を渡された。

「早急に、上様にお渡し願いたいとのことです」

「待ってくれ、わしは引退した――」

引退した身だ、渡したければ川村様が持って行けばいいだろうと言おうとしたのだ

が、薬売りに化けた男は、用件だけを告げると、立ち去っていた。

立ち止まった伝兵衛は、手にした書状を見て、嘆息を吐いた。

喜之助と壽屋に帰った伝兵衛は、帳場にいたおふじの前に顔を出し、頭から手拭いを外して、膝《ひざ》を揃《そろ》えて座った。

頼みがあると言うと、おふじが筆を休めた。

「伝さん、あらたまってどうしたのさ」

「へい。のっぴきならねぇ用事ができまして、二日ほど、暇をいただきたいので」

「なんなのさ、用事って」

「江戸の知り合いが、重い病にかかっているんですが、長くもちそうにないんで、顔を見に行こうかと」

「それはいけないね。すぐ行っておあげなさいな」

「急なことで、申しわけございません」

「いいのよ」

「風呂のことですが……」

「そうそう、それよ。湯を沸かすくらい、佐平《さへい》にも出来るだろうけど、薬湯はどうしようかしら。佐平には無理だと思うの」

「薬草を混ぜたのを小分けにして置いてありますので、それを入れてもらえば大丈夫です」

「そう、だったら心配ないわね。伝さんはずっと休んでないから、ゆっくりして来なさいな」

おふじは疑いもせずに、土産代《みやげ》だと言って一両も出してくれた。

伝兵衛はありがたく押し頂くと、自分の部屋に戻り、身支度《みじたく》をした。おふじのほかには誰にも告《つ》げずに旅籠を出ると、編笠を被《かぶ》り、竹の杖《つえ》をつきながら江戸へ向かった。

申《さる》の中刻（午後四時頃）に旅籠を出た伝兵衛は、一刻足らずで麴町《こうじまち》に着いた。

暮時で賑わう麴町の大通りを城に向かって歩む伝兵衛は、品川を出た頃に比べると、背中を丸め、竹の杖を頼りにしていた。

長床几を店先に出している団子屋を見つけると、腰を下ろして一休みするふりをして、頼んだ茶をすすりながら、尾行者がいないか、気を配るのを忘れない。

そこで時を稼ぎ、日が落ちてあたりが暗くなりはじめると、勘定《かんじょう》を置いて通りに歩みだした。右に半蔵《はんぞう》堀、左に桜田《さくらだ》堀の水面を従えている黒い門は、かつて、伊賀《いが》組を束《たば》ねた服部《はっとり》半蔵の屋敷が御門内に在ったことから、半蔵御門と名づけられた。

伝兵衛は、鋲《びょう》打ちの門扉の前に立ち、気配を探った。

門外は人気もなく、静かだが、閉ざされている門の内には大番所があり、昼夜を問わず、警備の者が詰めている。御庭番である川村左衛門の配下であった伝兵衛は、門番に身分と用件を伝えれば入れぬことはないのだが、今日の伝兵衛は、門番を呼ばずに、地を蹴《け》り、門の屋根に跳び上がった。

音も立てず瓦《かわら》に足を着け、様子を探った。

篝火《かがりび》を焚き、夜の警護に就《つ》く門番たちを見下ろすと、人数の少なさにほくそ笑み、軽々と飛び降りた。

一陣の風が吹き、門番がふと目を向けた先には、木の枝が揺れているだけだった。

二

徳川幕府第九代将軍家重《いえしげ》は、江戸城本丸中奥の自室で、不機嫌《ふきげん》極まりない顔で側近たちの顔を睨んでいた。

「何ゆえ、余の意見が通らぬ」

そう声を発したのだが、側近たちの中で家重の言葉を理解して頭を下げたのは、御側御用取次見習い、大岡出雲守忠光《おおおかいずものかみただみつ》ただ一人であった。

家重は、虚弱児だったこともあり、幼い頃に高い熱が続いたせいで、言葉が不明《ふめい》瞭《りよう》になっていた。ゆえに、側近の中で、家重の難解な言葉を理解できるのは、幼き頃より近侍していた大岡忠光だけなのだ。

その大岡が、家重の苛立《いらだ》ちを抑えるべく、腫物《はれもの》に触るような口調で言った。

「年貢《ねんぐ》の比率を引き下げるのは、時期尚早《しようそう》との、大御所様の仰せにございます」

「また、父上か」

大岡は、大御所、徳川吉宗《よしむね》の意向だと告げれば、家重は諦《あきら》めるであろうと思ったのだろうが、今日の家重は、隠居しても尚　政《まつりごと》に口を挟む吉宗に対し、不快を露《あら》わにして顔をしかめた。

父吉宗が行なった享保《きようほう》の改革で、年貢の比率は五公五民に引き上げられていたのだが、幕府の財政が潤《うるお》う一方で、民百　姓《たみひやくしよう》は、重税に苦しんでいた。

父から将軍職を引き継いだ家重は、御庭番衆に民百姓の暮らしぶりを探らせたのだが、重税に喘《あえ》ぐ姿に胸を痛めた。父吉宗の成した改革を全て否定するわけではないが、民百姓の一揆《いつき》を危惧した家重は、名君と謳《うた》われる第六代将軍家宣《いえのぶ》時代の比率である、四公六民に戻そうとしているのだ。

そんな家重は、将軍になる前は、言葉を理解してもらえぬ己《おのれ》の境遇に自暴自棄となり、大奥に引き籠《こも》って酒色にふけっていた。それゆえ、父吉宗からも、幕閣たちからも愚鈍《ぐどん》と思われ、家重の弟宗武《むねたけ》を世継ぎに推《お》す老中、松平乗邑《まつだいらのりさと》によって廃嫡《はいちゃく》されそうになったこともある。吉宗が、幕閣たちの反対を押してまで家重に将軍職を継がせたのは、兄弟の順序を重んじたこともあるが、家重の長男の家治《いえはる》が非常に聡明であるために、家重を将軍に決めたのだ。

家重は、吉宗が溺愛《できあい》する家治を次期将軍にするための、繋《つな》ぎのようなものだ。それゆえ、吉宗は家重に期待などしておらず、大御所となっても実権を握っていたのだ。

だが、将軍職を拝命した家重は、ここにきて、側近ですら見抜けていなかった力を現し、吉宗の行なった改革のうち、良きものはそのままに、増税などの悪政は、改革しようとしている。

家重の思わぬ行動に驚いた吉宗は、徳川将軍家の力を盤石《ばんじやく》なものにするために、大岡に命じて、家重の言葉をそのまま幕閣に伝えることを禁じていた。

溺愛する家治が将軍職を引き継いだ際、幕政が悪化しているようなことは避けたい吉宗は、家重の改革を阻止《そし》するために更なる手を打ち、言語不明瞭を理由に、幕閣と直接顔を合わせることを禁じた。

これにより、御簾《みす》の奥に人影を見せるのみで、幕閣や諸大名に直接声をかけることができぬようになった家重は、いわばお飾《かざ》りのような存在にされてしまっているのだ。

吉宗の家重封じは徹底しており、家重が気を許し、市井《しせい》や民百姓の様子を探らせていた御庭番、川村左衛門を強引に隠居させ、川村の配下たちもお役御免にして、城から出していた。

川村の配下であった里見影周《さとみかげちか》もその一人であり、伝兵衛と名を変えて、品川の宿場に下り、壽屋の風呂焚きとして余生を送っていたのである。

父吉宗によって、まともな情報を得られずにいた家重は、頼りにしている大岡さえも、父の命によって自分の意向を曲げているのではないかと不審に思い、ある日、老中たちを城に呼び、直接、声をかけようとした。大岡に、自分の意志を伝えさせようとしたのだが、いざ皆の前に出ると、己の難解な言葉を聞かれることが忍びなく、声を発することができなかった。

逃げるように書院の間から出ると、自ら筆をとり、改革の意向を書にしたためたのだが、この書状を受け取った大岡が、吉宗の息がかかった祐筆《ゆうひつ》に命じ、家重の字を真《ま》似《ね》させて書き直させ、改革を阻止した。

家重は、自ら声を発して天下に号令せぬ限り、己が理想の政を行なうことが出来ないのだ。

「もうよい、下がれ」

大岡たち側近を下がらせ、家重は、一人で部屋に籠ると、民のため、天下のために何も出来ぬ己の身体を呪い、歯ぎしりをした。

「影周め、余を捨てて城を出おって」

家重は、伝兵衛こと里見影周が手入れを怠《おこた》らなかった庭を睨み、筆をほうり、硯《すずり》を投げ捨てて、鬱憤《うっぷん》をぶつけた。

「ほほ、今日はまた、ご機嫌が斜めでございますな、上様」

庭からした声に、家重は驚いた。

「その声は、影周か」

家重の難解な言葉に、

「はい」

伝兵衛は答えた。筆と硯を拾い、砂を払い落とすと、縁側にそっと戻した。

「影周、そのほう、余を置いて勝手に城を出おって。今日まで何処《どこ》をほっつき歩いておった」

家重は、嬉しげに言った。

「今は、伝兵衛を名乗っております」

「伝兵衛じゃと」

「はい。市井に暮らしておりますゆえ、この名を」

「市井に暮らして、何を探っておるのだ」

「それがし、川村様に隠居を命じられ、今はのんびりさせていただいておりまする」

頭を低くしたまま言うと、家重が、荒い鼻息を出した。

「そちも、父上には逆らえぬか」

「それがしは、川村様の配下。あるじの命に従ごうたまでにございます」

「去年まで余に尽くしたのも、川村の命だと申すか」

「いえ、それは違いまする」

伝兵衛は、家重に目をかけられていたことへの感謝の念は忘れていない。

川村の配下になる前、伝兵衛は紀州《きしゅう》に住んでいたのだが、剣術、投剣、柔術の技を磨く傍らで、薬師《くすし》、武山宗安《たけやまそうあん》に師事して、調薬を学んでいた。

川村家の配下である里見家の次男として生まれた伝兵衛が調薬を学んだのは、部屋住みの身では、婿《むこ》養子に入らぬ限り武士として生きていくことは難しいと判断した父親が、宗安に師事させて、違う道を歩ませようとしたのだ。

その伝兵衛が家重の身近に仕え、言葉を理解できるようになったのは、宗安に師事したからだった。

幼い家重は、江戸城に入る前は赤坂の紀州藩邸にいたのだが、病弱だった家重を案じた吉宗が、国許から宗安を呼び寄せた。伝兵衛は、宗安の弟子として同行し、幼い家重と接することになったのだ。

家重は、苦い薬を飲ませる宗安のことを嫌ったが、薬の後に甘い菓子をくれる伝兵衛には懐《なつ》いた。それゆえ、家重の難解な言葉も、なんとなくではあるが理解できるようになっていたのだが、薬師の弟子である伝兵衛が、人前で親しげに話されるわけもなく、二人きりになった時だけ、内緒で会話をしていた。

このまま薬師として、宗安と共に家重に仕えることになるかと思っていた矢先、伝兵衛に変化が起こる。兄が急な病でこの世を去り、伝兵衛は、里見家の当主として川村に仕えることになったのだ。御庭番の配下として方々を駆け回る日々が続き、数々の修羅場を経験する。その伝兵衛が、再び家重の前に顔を出すことになったのは、川村が西ノ丸に入り、家重に仕えることが決まったからだ。

その頃になると、側近の大岡が家重の言葉を理解できるようになっていたが、家重は、伝兵衛をたびたび庭先に呼び、市井《しせい》のことなどを聞きたがった。伝兵衛もその期待に応え、川村が許す限り市中に下って歩き回り、世の中の流行などを、家重に聞かせた。

そんな伝兵衛のことを家重は誰よりも信頼し、伝兵衛もまた、家重の側に仕えることを誇りに思っていた。だが、伝兵衛は、隠居を命じられた川村と共に、城を下るしかなかったのだ。

「余のもとへ戻ってくれたのか、影周」

嬉しそうな家重の声に、伝兵衛は辛そうに目を閉じた。

「さにあらず。お手討ちを覚悟で、忍び込んで参りました」

家重が目線を下げ、ため息を吐いた。

「警護を潜《くぐ》って、ここまで来たと申すか」

「はい」

御庭番の配下として長年仕《つか》えてきた伝兵衛は、城のことは隅から隅まで知り尽くしている。本丸へ潜入することなど、容易《たやす》いことなのだ。

月代《さかやき》をさっぱり剃《そ》り、清潔な着物と野袴を着けた伝兵衛は、懐《ふところ》から書状を出し、膝を進めた。

怪訝《けげん》な顔で書状を受け取った家重は、甲斐天雲《かいてんうん》の名前が書かれた書状をその場で開封し、目を通した。

伝兵衛は、役目を終えて去ろうとしたのだが、家重に呼び止められたので、庭に控えた。

程なく書状を読み終えた家重は、腕組みをしたまま、しばらく黙考した。

そして、大きな息をひとつ吐くと、

「影周」

伝兵衛に声をかけ、近くに呼び寄せた。

「この書状は、誰に託《たく》された」

「川村様でございます」

「相違ないか」

「はい」

「では、これに書かれていることも、信じてよいな」

内容を知らぬ伝兵衛は、家重の言葉を待った。

「影周」

「はは」

「甲斐天雲なる者が、余の病を治す秘薬の作り方を、そちに教えると申しておる」

伝兵衛は、目を見張った。

「何者で、ございますか」

「分からん。だが、川村が関わっておるなら、信用できる」

「何ゆえに、それがしなのでしょうか」

「川村の推挙であろう。そちは、宗安の弟子ゆえな。すぐ木曽《きそ》へ向かえ」

思わぬ大役に、伝兵衛が戸惑《とまど》っていると、家重が庭に下りてきた。

伝兵衛が慌てて草履《ぞうり》を差し出すのも構わず、足袋《たび》のまま近寄り、肩に手を置くと、力を込めて摑んだ。

「そちの作る薬なら、安心して飲める。よいな、影周。必ず、余の病を治す薬を手に入れて参れ」

伝兵衛は、家重の眼差しに切羽《せっぱ》詰まったものを感じて、応じずにはいられなかった。

「かしこまりました」

「うむ。この書状を持ってゆくがよい」

返された書状には、伝兵衛を案内する者の名と、落ち合う場所が記されていた。

「頼むぞ、影周」

「はは」

伝兵衛は書状を懐に納め、家重に頭を下げると、庭から立ち去った。

見送った家重は、言葉がまともに喋《しゃべ》れるようになれば、天下に号令できると思い、今から薬の到着を心待ちにして、自室に戻った。

この時、別室に潜《ひそ》み、家重と伝兵衛の会話を、驚きの表情をもって聞いていた者がいる。

不機嫌だった家重の様子を窺いに戻っていた、大岡出雲守だ。

唯一自分だけが、家重の言葉を理解できると思っていた大岡は、里見影周が家重の言葉を理解していることが信じられず、その場で呆然としていた。

三

本丸から下った伝兵衛は、空に星一つ出ていない闇の中、吹上大池《ふきあげおおいけ》の池畔《ちはん》を進み、半蔵御門に向かっていた。

空に稲妻《いなずま》の閃光《せんこう》が走り、吹上御庭に茂る木々が、稜線のように黒い影を浮かび上がらせた。

伝兵衛は、雨を避けるために歩を速め、半蔵御門を越えると、外に降り立った。

麴町で一杯やりながら、壽屋の女将への言い訳を考えようと思いつき、伝兵衛は歩を進めた。だが、一歩足を踏み出したところで、伝兵衛は足を止めた。行く手を塞ぐ者がいたからだ。

「久しぶりだな、影周」

聞き覚えのある声に、伝兵衛は身構えた。

稲光に浮かぶ人物は、顔は見えぬが、遠藤兼一《えんどうかねいち》に違いなかった。

将軍に密書を渡すためとはいえ、無断で城に忍び込んだのだ。遠藤は古い友だが、捕らえられたら、ただでは済まぬ。

「ここで何をしておる、影周」

厳しい口調で訊かれ、伝兵衛は返答に窮《きゅう》した。

遠藤はゆっくり歩み寄り、抜く手も見せずに抜刀し、下から上に一閃《いっせん》し、刀身をくるりと回して鞘《さや》に納めた。

遠藤は、大御所吉宗の前で秘剣を披露した際、目にも留まらぬ速さで刀を振るい、鞘に納めた時には、吉宗の前に飛んで行った蝶が真っ二つに割れて落ちたという妙技を見せて喜ばせ、備前兼光《びぜんかねみつ》の太刀《たち》を拝領している。その遠藤が抜刀したのだ。常人ならば、一刀のもとに斬られていただろうが、伝兵衛は切っ先を見切り、鼻先で刃風を受けていた。

「どうやら、腕は落ちておらぬようじゃ」

遠藤は、腰を低くし、鯉口《こいぐち》を切った刀の柄に手を置いたまま言うと、くつくつと笑った。

「おぬしの腕が落ちたのじゃ。この老いぼれめ」

伝兵衛も笑うと、遠藤は、刀の鍔《つば》を鳴らして納刀し、柄から手を離した。

「上様に会うてきたのか」

「うむ」

「こここそ忍び込まずとも、わしに一言申せば通してやったものを」

そう言って、遠藤は、懐から何かを投げ渡した。

受け取ってみると、瓦の破片だった。忍び込む際、うまくやったつもりだったが、一年も風呂焚きをして暮らしているせいで腕が鈍《なま》っているらしく、足で瓦を割っていたのだ。

篝火の薪が弾《はじ》ける音がしている中、伝兵衛自身、瓦が割れたことに気づいていなかったが、遠藤は、微《かす》かな音を聞き分けていたのだ。

「近頃の番兵ときたら、気が抜けておるでいかん」

「見逃してくれたのか」

「おぬしが上様の命を奪うはずがないからの」

「うむ」

「して、なんの用があって参った。火急のことか」

「ここでは話せぬ」

「では、わしの家《や》へ参ろう」

どうやら遠藤は、ただで見逃すつもりはないようだ。踵《きびす》を返すと、半蔵堀の方へ曲がり、番町《ばんちょう》へ向かった。

番町の役宅に招かれた伝兵衛は、立派な門を見上げて、感心した。

「旗本に取り立てられたのか」

そう訊くと、遠藤はにやりとして、

「まあ、入れ」

自ら潜り門を開けて中に入った。

伝兵衛が後に続いて入ると、空に稲光が煌《きら》めき、立派な屋敷が黒々とした影を浮かび上がらせた。屋敷の中には灯《あか》り一つ灯《とも》されておらず、寂《さび》しげであった。遠藤は、下僕を雇わず、屋敷に一人で住んでいるのだ。

「この屋敷は、三百石の旗本のものだったが、今は、わしが預かっている。遠慮せず、上がってくれ」

空き家にしておけば朽《く》ちるので、新しいあるじが決まるまで遠藤が住み、屋敷に風を入れているという。

「出世したと聞いていたが」

「大御所様が西ノ丸に下がられてからは、半蔵門の警備をしておる」

そう答えると、囲炉裏《いろり》の灰を探って種火を出し、蠟燭《ろうそく》に火を灯した。

伝兵衛と遠藤は、共に川村左衛門の配下であったが、若かりし頃は、剣の遠藤、忍びの里見と呼ばれ、惚れた女を奪いあった仲であるが、恋も出世も、遠藤に軍配が上がった。

遠藤は、吉宗より備前兼光を拝領してしばらくした後、徒頭《かちがしら》に取り立てられ、川村の配下ではなくなったが、伝兵衛は、友の出世を、自分のことのように喜んだ。その遠藤が、吉宗が隠居した今は先手組に属し、江戸城御門の警備に就いていたのだ。

今は隠居も同然だと言うが、灯りに浮かぶ遠藤の顔は、伝兵衛に息を呑《の》ませた。一年も見ぬうちに、黒かった髪の毛は白髪となり、顔には深い皺《しわ》が刻まれ、別人と思えるほどに、年老いていた。

何があったのか訊こうとする伝兵衛の口を制し、遠藤は台所に行くと、酒肴《しゅこう》を用意して来た。

「このようなものしかないが、やってくれ」

胡瓜《きゅうり》の塩漬けを肴《さかな》に酒を酌《く》み交わすと、伝兵衛は、茶碗を置いた。

「遠藤、城で何があったのだ」

「うむ？」

「別人ではないか」

「人というものは、もろいものじゃ。若い頃は身体が生気に満ちておったが、歳をとると、弱気になっていかんわい」

遠藤が、白髪の眉毛《まゆげ》を下げて笑った。

「何を申す。まだ五十路を迎えたばかりではないか」

「多恵《たえ》のやつが生きていてくれたら、このようにはならなかったであろうな」

遠藤は、徒頭に取り立てられてすぐに妻を娶《めと》っていたのだが、子に恵まれず、二年前に、妻に先立たれていた。

妻を喪《うしな》った寂しさと心労が重なり、一年も見ぬうちに変わり果てたというのか。いや、そうではない。と、伝兵衛は思った。

先手組でありながら、正式な役宅も与えられず、屋敷の守りをさせられているところをみると、冷遇されているに違いないのだ。

深い皺を刻む顔を見つめた伝兵衛は、隠居を勧《すす》めようとしたのだが、ふいに向けられた遠藤の鋭い眼光が、それを許さなかった。

「上様に、なんの用があったのだ」

「川村様に頼まれて、書状を届けた」

「何、川村様だと」

吉宗によって隠居させられた川村の名を聞き、遠藤が驚いた。

「まさか、重税に苦しむ民百姓のことを報《しら》せる書状ではあるまいな」

返答次第では斬る、という気迫が込められた問いに、伝兵衛は正直に答えた。

「いや。違う」

「では、なんだ」

「甲斐天雲という名を、聞いたことがあるか」

「甲斐天雲」

遠藤は名を繰り返して、思い出そうとした。そして、訝《いぶか》しい顔で、伝兵衛を見た。

「わしの記憶違いでなければ、その者は、綱吉《つなよし》公、家宣公、家継《いえつぐ》公に仕えた御典医だ」

「何、御典医だと」

伝兵衛が驚いていると、遠藤が首を傾《かし》げた。

「大御所様が将軍におなりあそばしたのを機に、高齢を理由に隠居したのだ。生きているとは思えぬ」

「書状には、甲斐天雲の名が書いてあった。そしてその者が、上様の病を治す秘薬を作ったらしい」

「それは、まことか」

「うむ。わしは木曾へ行って、薬の作り方を教わらねばならぬ」

「木曾の何処へ行くのだ」

「それはまだ分からぬ」

伝兵衛は、書状を見せた。

目を通した遠藤は、険しい顔をしている。

「影周。城の者で、このことを知っている者がいるのか」

「わしは、上様と二人きりで話してきたが、今頃、近習《きんじゅ》の方々に話されておるやもしれぬ」

「わしは、聞かなかったことにする」

遠藤はそう言って、書状を返した。

「厄介《やっかい》なことに巻き込まれたな、影周」

「うむ？」

「上様は、幕政を改革されようとして、大御所様との仲が芳《かんば》しくない。大岡様がお二方の間をなんとか取り持っておられるが、それは上様のお言葉が難解だからこそできていることだ。薬のことが大御所様の耳に入れば、影周、お前の役目を邪魔されるやもしれぬ。ここを出たら、くれぐれも気をつけろ」

「命を、狙《ねら》われると申すか」

「そう思うて、油断せぬことじゃ」

「いやはや、とんだことを引き受けたものじゃ。隠居して、楽に暮らしておったのに」

伝兵衛が額を叩き、しまったという顔をすると、遠藤が窺うように見てきた。

「顔が笑《わろ》うておるぞ。難しいお役目をいただいて、喜んでおるのではないのか」

「ばかを申すな。毎日のように若いおなごの裸を見てもなんとも思わぬこの歳じゃぞ。木曾に行って帰るだけでも危《あや》ういというのに、命を狙われたのではかなわん」

　すると、これまで薄笑いを浮かべていた遠藤が、むすっとした。

「おい、影周。貴様、今なんと申した」

「なんのことだ」

「若い女の裸を見たと申したな」

「言った。それがなんだ」

「この野郎、何をして暮らしてやがる」

「ただの風呂焚きだ。たまに、背中を流しているだけじゃ」

「何処の風呂屋だ。わしも手伝《てつど》うてやるぞ」

「たわけ、女房殿が化けて出ようぞ」

「出るものか。わしが元気になれば、喜ぶ。じゃから教えろ」

「誰が教えるものか、このすけべじじい」

「お、この野郎、さっき見逃してやった恩を仇《あだ》で返すか」

「本気で斬ってきたくせに、何を申すか」

「手加減してやったのだぞ」

「いいや、本気だった。わしの腕が鈍っておらなんだから、斬られなかっただけじゃ」

「この野郎、そこまで言うなら、やり直しじゃ」

遠藤が太刀を取って振り向いた時には、伝兵衛は立ち去っていた。

「逃げるか、影周」

憤慨《ふんがい》した遠藤は、空を切って飛んでくるものを刀の柄で受け止めた。

影周が使う手裏剣が柄に刺さっているのを見て、遠藤はふっと笑みをこぼした。

「次に会うまで、死ぬでないぞ、影周」


遠藤の屋敷を辞した伝兵衛は、品川ではなく、代々木《よよぎ》村に足を向けた。

彦根《ひこね》藩井伊《いい》家三十五万石下屋敷の前の道は、村の雑木林によって昼間でも薄暗く、夜ともなれば月も星明りも遮《さえぎ》るため、一寸先も見えぬ闇である。

夜目《きき》が利く伝兵衛は、昼間の道を歩むように闇の中を進んでいるのだが、井伊屋敷の前にある松の大木の下に、すっと身を隠した。

気配を探り、尾行がついていないことを確かめると、再び歩みはじめる。先程から、この繰り返しだった。

遠藤の言うことがまことなら、家重の周囲には、監視の目が置かれていたはず。甲斐天雲の書状を届けた自分の命が狙われるかどうかを確かめるまでは、壽屋に戻ることは出来ぬ。

伝兵衛はそう思い、古巣に足を向けたのだ。

井伊屋敷の長い長い土塀沿いの道から右の脇道に入ると、雑木林の間の小道を進み、小川のほとりに出た。雲が流れ、空には月が出ていた。小川の対岸には、千駄ヶ谷《せんだがや》の田畑が広がっている。

伝兵衛は小川のほとりを北へ歩み、家にたどり着いた。家といっても、柱と板で建てられた小屋のようなもので、屋根には、瓦ではなく木板が貼《は》られ、重石が載せられている。

板戸を開けてみると、長い間使っていなかったせいか、少々かび臭かった。

暗闇の中、板の間の上がり框《かまち》に腰かけて、草鞋《わらじ》を脱《ぬ》いだ。

火打ち石で付け木に火を付けると、燭台の蠟燭を灯した。ここを出る時より長さが変わっていないところをみると、誰も入っていないようだ。

伝兵衛は、囲炉裏のほとりの床板を指で探り、とん、と手で叩き、床板を浮かせた。

二枚ほど外すと、床下から木箱を取り出し、蓋《ふた》を開けた。

中から小判数枚を懐に納め、大太鼓のばちほどの長さの自然木を二本取り出した。一見すると、薪にしか見えぬ棒だが、伝兵衛は一本を両手で持ち、ゆっくりと引き抜いた。蠟燭の灯りにぎらりと光る白刃に目を細め、伝兵衛は、錆《さび》が浮いていないかを確かめると、もう一本のほうも抜刀した。一尺八寸の小太刀の峰はまっすぐだが、肉厚の刃は切っ先に向けて反《そ》り上がっている。

伝兵衛は、二本とも鞘に納めて横に置くと、床板を戻し、表と裏の障子《しょうじ》と雨戸を開けた。

冷たい川風が流れ込み、部屋に籠っていた熱気を裏庭に追いやった。品川の海風もいいが、山手の川風はべたつきがなく、ひんやりしていて心地いい。

板の間に横たわった伝兵衛は、肘枕《ひじまくら》をして外を眺めながら、女将や喜之助のことを考えた。川村の配下として日本中を歩き、数々の修羅場を切抜けてきた伝兵衛にとって、壽屋の暮らしは、穏やかで、心休まる日々だった。それもこれも、自分を快く雇ってくれた女将のおかげであり、慕ってくれた喜之助や、皆のおかげだ。暖かい飯を共に食べ、泣いたり笑ったり、励まし合ったりしつつ、一つ屋根の下で暮らした日々は、伝兵衛が忘れていた家族の温かみを、思い出させてくれた。もう一度、皆の顔を見たいと思ったが、やはり、このまま木曽へ発《た》った方がいいと思い、明日、待ち合わせの場所に向かうことにした。

刺客《しかく》も現れず、無事に朝を迎えた伝兵衛は、旅支度《たびじたく》を整えると、待ち合わせの場所へ向かった。

甲州《こうしゅう》街道沿いにある、朱色の鳥居が目印の稲荷《いなり》神社が、待ち合わせ場所だった。

鳥居をくぐり、石段を上がって、杜《もり》に囲まれた薄暗い参道を進むと、祠《ほこら》が見えてきた。伝兵衛が祠の前で待っていると、旅の薬売りが現れ、軽く頭を下げて横を通り過ぎ、賽銭《さいせん》箱に小銭を投げ入れた。

三十半《なか》ばほどの薬売りの男は、稲荷に参り終えると、伝兵衛に頭を下げた。

「案内つかまつる」

名を確かめもせず言うと、男は、来た道を戻った。

伝兵衛が男のあとを追って参道を下ると、街道を甲府に向かい、木曽を目指した。

四

「よいか、家治。人の上に立つ者は、家臣どもに支持されなければならぬ。国を治める者は、民に支持されなければ強国とはいえぬ。人の好意を寄せるには、優しくすれば簡単に得られよう。だが、それだけでは駄目じゃ。何ゆえか、答えてみよ」

「人は、己に優しい者を躊躇《ちゅうちょ》なく傷つけ、復讐を恐れる者に従うからでございます」

文机の前で元気な返事をする家治に、大御所吉宗は、目を細めて頷いた。

「天下を治める者は、時に冷酷でなければならぬ。徳川の世を揺るがさんとする者は、たとえ血が繋がった者であろうと、容赦《ようしゃ》なく抹殺《まっさつ》せよ。側近に嫌われぬために は、軽薄、怠慢《たいまん》、優柔不断であってはならぬ。天下人たるものは、決断力のある偉大な人物であらねばならぬ。そのための努力を、怠るでないぞ」

「はい」

「そちは、徳川将軍家お歴々の中でも、類を見ぬ逸材になる。早《はよ》う大きゅうなって、父の跡を継げ」

大御所となって西ノ丸に下った吉宗は、聡明な家治を十代将軍にするべく、常に側におき、帝王学を伝授している。

徳川幕府を強固なものにするために増税し、その反面、江戸の民に行楽の場を与えるなどして民意を維持する巧《たく》みな政《まつりごと》を行なった吉宗は、悪化していた幕府の財政を立て直していた。ただし、今はその不満も溜まってきている。九歳になった孫の家治を寵愛《ちようあい》する吉宗は、愚鈍と思っていた家重にできなかった教育をして、目が黒いうちに、将軍職を継がせようとしているのだ。

その二人の前に大岡出雲守が現れたのは、昼を過ぎたころだった。

吉宗は、家治の前で、問題が起きていた某村の処罰を申し渡した。

年貢米の引き下げを願い、一揆を起こすという報せを事前に受けていた吉宗は、家重の名で、村の弾圧を命じるように、大岡に告げた。

大岡が従って頭を下げると、吉宗は訊いた。

「出雲」

「はは」

「家重は、村のことをなんと申しておる」

「年貢の率を四割にできぬかと、おっしゃいました」

「家治」

「はい」

「父のように優しすぎては、国を治めることは出来ぬ。民百姓は、主君が甘い顔をすればするほど欲が増し、不満が募《つの》る。結局、欲の芽を摘まねばならぬ時が来ることを、憶《おぼ》えておけ」

「こころえました」

「出雲」

「はは」

「家重は、幕府の財政を過信しておる。民のためなどと申して、わしに刃向かうておるだけじゃ。しっかりと、舵《かじ》取りをいたせよ」

「ははあ」

吉宗に平伏した大岡出雲守は、額に汗を浮かべている。これから言わなければならぬことに対し、吉宗がどのような態度に出るか、不安でしかたないのだ。

大岡は、家重の言葉を幕府重役に伝える役目柄、多忙を極めていた。それゆえ、西ノ丸に来たのは、伝兵衛が家重に書状を届けた翌日の昼だった。昨日のうちに、人を遣わして報せることもできたのだが、事が事だけに、大岡は、自らの口で報告することを選んだのだ。

不機嫌な吉宗の前に出て、いざ喋ろうとしても、報告が遅いと、咎《とが》められはすまいかと、恐れたが、黙っていることができるはずもなく、大岡は、恐れながらも口を開いた。

「大御所様に、申し上げます」

「どうした、改まりおって」

「上様のお言葉を理解する者が、それがしのほかにもおりまする」

「誰じゃ」

「川村左衛門配下の、里見影周でございます。その者が、昨夜密《ひそ》かに、上様のもとに参りました」

「川村の配下が、何用あって家重を訪ねる」

「甲斐天雲の書状を届けに参ったようですが、察するに、上様の病を治す薬が出来たのではないかと」

吉宗は、大岡以外の者が家重の言葉を理解できていることに驚きを隠さなかったが、それにも増して、元御典医の名に驚いた。

「甲斐天雲か。確かにあの者ならば、家重を治すことが出来るかもしれぬ」

「では、すぐに呼び戻しますか」

大岡が言うと、吉宗がじろりと睨んだ。

「呼び戻して、なんとする」

「上様の病がお治りあそばせば、大御所様と、腹を割ってお話しできようかと存じます」

「たわけ。徳川幕府を弱体させかねぬ改革を進めようとする者と話すことなど、ありはせぬ」

「大御所様……」

親子対立の間に挟まれて日々気を揉んでいる大岡は、家重の病が治れば、肩の荷が下りると思っていただけに、吉宗の態度に、気を落とした。

その大岡の落胆ぶりを見た吉宗は、大岡に労《ねぎら》いの言葉をかけた。

「そちあっての家重、いや、幕府と申しても過言ではない」

「過分なるお言葉、痛みいりまする」

「いや、家重のことは、そちが一番よう知っておる。のう、出雲」

「は、ははあ」

「ならば、家重が将軍を続けるためにこの先どうするべきか、言わずとも分かろう」

吉宗の反論を許さぬ言い回しに、大岡は従うしかなかった。

吉宗は、大岡が思案を巡らせるのを横目に、家治に声をかけた。

「次は、剣術の稽古じゃ。今日は、将軍家に伝わる葵《あおい》一刀流を伝授してしんぜようかの」

「はい」

「うむ。では、仕度をして庭に出よ」

家治が廊下に向かうと、控えていた近習の者が襷《たすき》をかけ、木太刀を渡した。

庭に下りる孫の背中を眩《まぶ》しげに見つめる吉宗は、去ろうとした大岡に、

「ぬかるでないぞ」

そう声をかけて、釘を刺した。そして、年老いた顔を向け、大岡の前に歩み寄ると、耳元で何かを告げた。

大岡は目を見張ったが、すぐに膝を後退させて頭を下げ、吉宗の前を辞した。

鋭い目つきで見送った吉宗は、家治に呼ばれると優しい顔に戻り、次期将軍に葵一刀流を伝授するために、庭に向かった。

西ノ丸御殿に設《もう》けられている自室に入った大岡は、下座に控えている己の近習に歩み寄った。

「相馬玄内《そうまげんない》を呼べ」

御庭番衆の名を聞いて、近習の者が驚いた顔をした。

「大御所様の命じゃ。急げ」

「はは」

すぐに動いた近習の背中を見送った大岡は、文机の前に座ると、机の両端を握って

うな垂れ、思案を巡らせていたが、

「わしに、獣を使えとおっしゃるか」

辛そうに、大きなため息を吐いた。

五

伝兵衛が木曾の山に入った時には、江戸を発って半月が過ぎていた。

案内人とは、寝起きを共にした半月の間、一言も言葉を交わしていない。何を訊いても、たあいのないことを話しかけても、答えないのだ。関所のある街道から外れ、険しい山々を越えて旅をして来たが、男は黙々と歩み、伝兵衛を案内することだけに意識を向けているようだった。

木曾の山に入ると、流れの速い川をさかのぼり、道なき道を歩んでいくと、切り立った崖《がけ》の下に行きついた。迂回《うかい》しようにも、左右は深い谷があり、踏み外せば、地の底に落ちる。

「やれやれ、ここまで登らせておいて、道を間違えたと申すか」

伝兵衛が、がっくりと肩を落として石に腰かけた。

案内人は伝兵衛に振り向くと、口元に笑みを浮かべた。その笑みは、年寄りを馬鹿にするものに思えた。伝兵衛が不機嫌な顔をすると、案内人は崖に振り返り、身軽に跳んで、手を使わずに崖を登って行った。

「ほほう、なかなかやりおるわい」

伝兵衛は額に手を当てて日差しを遮りながら、感心して見上げた。

崖の頂上に立った案内人は、あたりを見回していたが、姿が見えなくなり、程なく、縄が投げ下ろされた。

崖の上に姿を見せた案内人が、縄を揺らして、これを使えと合図してきたが、伝兵衛は縄を腰に巻きつけた。

「ほれ、引っ張れ！　年寄りをいたわらぬか」

小言のように言うと、案内人は呆《あき》れたような仕草をしたが、縄を摑み、引き上げた。

伝兵衛は、楽だと喜び、ほとんど力を使わずに、崖を登った。頂上に立って振り向くと、眼下には、深い緑を蓄《たくわ》えた山々が連《つら》なり、絶景が広がっていた。

江戸では見ることのできぬ景色を楽しまぬ手はないと思った伝兵衛は、崖の端に座って、里の農家で分けてもらった握り飯を取り出した。

「ちょうど昼時じゃ。腹ごしらえをしようではないか」

呑気《のんき》に誘うと、案内人も横に座り、握り飯を食べはじめた。

「天雲先生の住家までは、まだ遠いのか」

そう訊いたが、案内人は答えずに握り飯を頬張り、立ち上がった。

もう行くのかと思い、伝兵衛は立ち上がろうとしたが、案内人はにやりと笑い、崖から飛び降りた。

伝兵衛が、あっと声をあげて見ていると、案内人は手足を開いて黒い布を広げ、むささびのごとく飛ぶと、眼下の竹藪《たけやぶ》の中に消えた。竹が揺れているところをみると無事に降りたのであろうが、伝兵衛は、度肝《どぎも》を抜かれた。

「川村様も、楽しげな家来をお持ちじゃな」

あと二十歳若ければ、自分も試してみたかったと思いながら残りの握り飯をたいらげた伝兵衛は、立ち上がると、背後の木々に顔を向け、あたりを見回した。

「こんな所に、人が住んでおるのか」

崖の上に家があるとは思えなかったが、進むしかない。伝兵衛は、自分の背丈《せたけ》ほどもある笹をかき分けて、山に足を踏み入れた。

熊と出くわせば命はないと思いながら、がさがさと音を立てて先を急いだのだが、背後に異様な気配を感じて、足を止めた。振り向こうとした刹那《せつな》、首に冷たい刃物が当てられ、伝兵衛は前を向いたまま、両手を上げた。

「名は」

訊いてきたのは、女の声だった。

「里見影周だ」

伝兵衛は振り向こうとしたが、刃物で首の薄皮を切られた。

「次は、血筋を刎《は》ねる」

「わ、分かった」

「お前が里見殿だという証《あかし》を見せろ」

天雲が家重に送った書状を見せると、刃物がすっと引かれた。

首を押さえて振り向くと、若い女が跳びすさった。髪を後ろで束ねた女は、肩と腰までの長さの藍色の着物と、黒い股引《ももひき》の姿だった。腰には細く赤い帯を巻き、朱色の鞘を帯びているが、抜身の刀は、忍び刀だった。

「おぬし、くノ一か」

伝兵衛が訊くと、

「昔のことだ」

女は無愛想に答えて、刀を鞘に納めた。

「ついて来い」

背を向けると、山の奥へと進んだ。

伝兵衛は、女の小さな背中を追って山の中を歩んだ。すると、崖からそう離れていないところで、平坦な場所に出た。

山の中に忽然《こつぜん》と現れたその土地は、日当たりも良く、畑には野菜も育っていたが、薬草も植えられている。

「ほほ、これは珍しい薬草じゃ。江戸では手に入らぬぞ」

「天雲様がお待ちだ」

女は立ち止まることを許さず、畑を横切り、小屋に案内した。

伝兵衛の小屋よりはましだが、徳川将軍家の御典医を務めた者が住むには、あまりにも質素な建物だった。

天雲は中にいるらしく、格子窓から青白い煙が出ている。

女は小走りで小屋に戻り、表の木戸を開けて中に入った。天雲に来客を告げたのか、すぐに出て来ると、伝兵衛が到着するのを待って、中に案内した。

土間に入ると、薪がくすぶる匂いと薬草の匂いが混ざった独特の臭気が鼻を突き、伝兵衛は思わず、鼻をつまんだ。

「これは、たまらん」

薪がくすぶる煙には慣れているつもりだったが、目からは涙が出て止まらない。

煙が充満する土間のかまどの前で石に腰かけている老爺《ろうや》がいた。白髪の長髪を後ろで一つに束ねた老爺は、苦しげに咳《せ》き込んだ伝兵衛に振り向くと、かすれた声で待っていたと言い、手招きした。

伝兵衛が誘われるまま歩み寄ると、肉のかたまりを刺した竹串を渡された。

「キジ肉を燻《いぶ》したものじゃ。これに、塩をちょんとつけて食べてみい」

挨拶《あいさつ》もなしに言われたのだが、伝兵衛は勧《すす》められたとおり、肉に塩をつけて、一口かじった。

煙の独特の香りが浸《し》みた肉は、柔らかく、それでいて、歯ごたえがある。噛むごとにじわりと旨味が広がり、いつまでも噛んでいたい味だった。

「なるほど、旨い」

初めての味に、伝兵衛が驚きを隠さずにいると、老爺は満足げにかっかと笑い、徳利《とっくり》を差し出した。

「この肉には、麓《ふもと》の里でこしらえた濁酒《どぶろく》が一番じゃ。やってみい」

「頂戴いたす」

素焼きの茶碗になみなみと注がれた白い酒を、伝兵衛は一息に干した。長旅で喉が渇いていたせいもあり、格別の味だった。

「旨い」

臓腑にしみる酒に顔をしかめ、伝兵衛は、茶碗と肉を持ったまま、老爺に頭を下げた。

「申し遅れました。それがし、里見影周にござる。今は隠居の身でござるゆえ、伝兵衛と名を改め、品川で風呂焚きをして暮らしてござる」

「では、伝兵衛と呼ぼう」

老爺は茶碗の濁酒を一口含み、続いて、ゆっくりと呑み干した。

「天雲様、書状に記してあることは、まことでございますか」

伝兵衛が確かめると、天雲は不快な顔をした。

「嘘を書いてどうする」

「しかし、上様の難解なお言葉は、頭の病が元と聞いております。幼き頃より大勢の医者にかかり、あらゆる薬をお試しになりましたが、よくなられておりませぬ」

「それゆえ、わしの出番というわけじゃ」

「どのような薬なのです」

「おぬし、調薬に詳しいそうじゃな」

逆に問われて、伝兵衛は頷いた。

「わしが作り出した秘薬は、百の薬草に加え、まむし、とかげなど、生き物の材料を使うが、書き物はない。木曾谷にしかない、名も知らぬ薬草もあるゆえ、おように教えてもろうて、目と口と鼻で憶えよ」

若い女は、おようというのか。

伝兵衛はそう思いながら、天雲に訊いた。

「その秘薬でござるが、出来上がったものはございませぬのか。あるなら、すぐ上様にお飲みいただけるのですが」

「あれば、初めからそうしておるわい。たわけものめ」

天雲は不機嫌に言い、おように薬草を取るよう命じた。

およウが筵《むしろ》を引いて来ると、天雲の前で広げた。乾燥したさまざまな薬草が包まれていたが、伝兵衛は、初めて見るものばかりだった。

「これは年に一度、春先にしか採れぬものばかりゆえ、無駄にできぬ」

粉にして合わせるのだが、分量が難しいと、説明された。

額に僅《わず》かなシミがあるが、肌の張りも艶もよく、とても九十を超えたようには見えぬ天雲のことを、伝兵衛は、仙人にでも出会った気分で見ていた。

秘薬作りは翌日からはじまったのだが、最初に命じられたのは、材料集めだった。

おようの案内で山に入った伝兵衛は、道なき道を歩み、薬草を集めて回った。

険しい山を歩みながら、希少な薬草を探すのは簡単なことではない。似たような葉であっても毒草だったり、一日探しても見つからぬものもあった。

おようと天雲がどのような経緯で共に暮らしているのか伝兵衛が知る由もないことだが、天雲が欲する物は、おようの頭に全て入っているらしく、一つ見つけては慎重に確かめて、伝兵衛にも教えてくれた。名も知らぬものばかりではあるが、見覚えのある草も含まれているのが意外だった。ただの草としか見てなかったものが、薬として使えるのだ。

おようは、薬草のほかにも、まむしも捕まえて、生きたまま持ち帰った。

薬の材料なのかと思っていたが、おようからまむしが入った袋を渡された天雲は、鉄漿《おはぐろ》の歯を見せてにんまりと笑い、腹を割くと、肝をつるりと呑んだ。

「伝兵衛、これを焼いてくれ」

皮を剝《は》いだまむしを渡されて、伝兵衛は囲炉裏の火をおこし、素焼きにした。

元気の秘訣《ひけつ》はこれかと伝兵衛は思ったが、およように言わせると、天雲は他にも、熊の肉を好むのだという。

年寄りは、肉を食わねばならぬ。というのが、天雲の持論だそうだ。

家継公がわずか八歳でこの世を去った後、天雲は密かに江戸を去った。それゆえ、毒を盛ったのではないかという噂《うわさ》が立ったが、風邪が悪化して命をおとしたことは疑いの余地がなく、吉宗が将軍になることを好まぬ輩《やから》が立てた噂として、天雲の名が広まることはなかった。

まむしをこんがりと焼いた伝兵衛は、天雲に渡しながら、江戸を去った訳を訊いた。

熱々の肉にかじりついた天雲は、一時まむしの味を堪能すると、

「吉宗公は、紀州の者を大勢連れて城に入られたゆえ、居場所がのうなった。それだけのことじゃ」

こともなげに言い、

「おかげで、このとおり、山の恵みで長生きをしておる。まむしなんぞ喰ろうた日には、息子も元気じゃぞ」

自慢するので、伝兵衛は、ちらりとおようを見た。

おようはすました顔で座り、採って来た薬草の葉を摘んでいるが、天雲が、子種はないようじゃと言って笑うので、伝兵衛は、曾孫ほども歳が離れた二人は、男と女の仲なのだと知り、愕然《がくぜん》とした。

「何じゃ、呆けたように口を開けて」

「い、いえ」

伝兵衛は気を取り直し、訊いた。

「江戸を去られた訳は分かりましたが、川村様とは、どのような関係でござるか」

「川村殿とは、わしがまだ御典医をしていた頃からの知り合いでな。家重様の病を治せぬかと、頼みに来た。むろん、当時は吉宗公が将軍ではなかったゆえ、お忍びでな。あの者は、若君の病を治したい一心で、罰を覚悟してわしの所に来たのじゃ」

「それで、どうなされたのです」

「何もせなんだ。いや、出来なんだのじゃ。その後、江戸を去ってしばらくは、文のやりとりをしておったが、御庭番衆となり、お役目が忙しいせいか、二年もせぬうちに途絶えた。それが、つい先日、訪ねて来おった。じじいになっておったで、たまげたわい」

川村に文を送ったのは、天雲の方だった。家重の病を治せるかもしれぬと、伝えたかったのだ。

天雲が生きていたことに驚いた川村は、直ちに木曾へ向かい、家重が置かれた立場を教えると、改めて、力を貸して欲しいと頼んだ。

天雲は、世の中が良くなるのであればと、秘薬を作って渡そうとした。だが、川村は断った。用心深い家重は、知らぬ者が作った薬は口にしないからだ。そこで、秘薬のことをしたためた書状を伝兵衛の手で家重に渡させることにして、家重自らが、伝兵衛に秘薬作りを命じるよう仕向けたのだ。

「全て、川村様の筋書きでござったか」

「隠居しても、上様のことが気になるようじゃ。なかなかの、忠義者よ」

「はい」

「おぬしもな、伝兵衛」

「はあ？」

「風呂焚きをしておれば、毎日おなごの裸を見られただろうに」

にんまりと笑みを向けられて、伝兵衛は、誤解だと言った。

「わしは、先生とは違いますぞ」

「まあよい。秘薬作りは明日からはじめるが、ここでは一度しか作られぬゆえ、よう憶えて帰れ。よいな、失敗はできぬぞ」

厳しい顔で念を押されて、伝兵衛は、天雲に頭を下げた。

六

伝兵衛が江戸の知り合いを見舞うと言って出かけて、一月が過ぎていた。

品川の旅籠、壽屋の女将のおふじは、伝兵衛のことを心配しながらも、

「もう、帰ってきたら、ただじゃおかないんだから」

などと小言を言い、浴衣《ゆかた》をはだけた肌に薬を塗っていた。

伝兵衛が残していた薬草は使い果たしていたのだが、代わりに風呂を焚いている小男の佐平が、似たような草木を摘んで来て乾かし、湯に入れてみたのが今日のことだ。おふじは効能を疑い、客が入る前に、試しに入ってみた。なかなか良い湯だと思っていたところ、上がってしばらくすると身体中にぶつぶつが出て、かぶれてしまったのだ。

「ああもう、痒《かゆ》い」

乳房も露《あら》わに身体中をかいていると、襖《ふすま》のむこうから、仲居が声をかけて、来客を

告げた。

川村左衛門の名を聞いたおふじは、慌てて浴衣を着替えようとしたのだが、その前に襖が開き、木綿の着物にかるさんを穿《は》いた川村が、遠慮なく入ってきた。

「川村様、こんな恰好《かっこう》で」

おふじは背を向け、着替えに立ち去ろうとしたが、

「かぶれが酷《ひど》いそうじゃの。どれ、診《み》せてみい」

川村が止めた。

「でも……」

「恥ずかしがっている場合ではないぞ。そのままにしておけば、痕《あと》が残る」

それは困ると思い、おふじは浴衣のまま座りなおした。

袖を上げて腕を見せると、川村が、すぐに看破した。

「こいつは、漆《うるし》にやられたな。どうしたのだ」

「伝兵衛さんのせいですよう」

「伝兵衛のやつ、薬湯に漆を混ぜろと申したのか？」

「そうじゃないんですよう。宿の者が、伝兵衛さんの薬湯を真似《まね》ようとしたんです」

「ははあ、それで、かぶれたのか。良い薬を持っておるので、これを塗ってみよ」

川村は、蛤《はまぐり》の貝殻に詰めた塗り薬を出すと、おふじに渡した。

おふじはありがたく受け取ると、その場を辞して仲居のところに行き、手が届かぬところに塗ってもらった。

痒みが和《やわ》らぎ、ほっと一息ついたおふじは、小袖に着替えて川村のところへ戻り、礼を述べた。

「お客が入る前で良かったですよ」

「伝兵衛の奴も、小男がしたことで恨まれたのでは可哀想だ」

「まったく、どこへ行ったんだか」

「そのことだ、女将」

川村が真顔になり、居住まいを正した。

壽屋もおふじも、御庭番とはなんの関わりもないが、御庭番を務めていた川村が、骨休めに通っている間に亡夫六左衛門と懇意《こんい》になり、以来、付き合いがある。

伝兵衛がここを隠居の場に選んだのも、川村の勧めがあったからだった。

「伝兵衛は、わしが頼んだ用で旅に出ておってな、しばらく戻らぬ」

「まあ、そうでしたか。それならそうと、最初から言ってくれればよかったのに。江戸の知り合いが重い病だというから、一両も出したんですよ」

「うむ。病と申すはまことのことだ。その病を治すための薬を手に入れるために、旅に出ておる」

「しばらくって、いつまでもかかっていたのでは、病人によくないでしょう。いつ帰って来るのですか」

「それはまだ分からぬ。今日参ったのは、伝兵衛から届いた手紙を持って来たのだ。それがしのものにはいつ戻るとも書いていなかったが、女将のには、書いてあるのではないか」

　そう言って渡された手紙を開いたおふじは、目を通すなり、まあ、と言って口を塞いだ。

「なんと、書いてある」

「薬湯の作り方が書いてありますが、くれぐれも、漆と似た薬草に気をつけるように、ですって」

「はっ」

　膝を叩いた川村が、おふじのかぶれた肌を痛々しげに見た。

「初めから教えておけと申すに。なあ、女将。して、ほかにはなんと書いてある」

「当分戻れそうにないと、書いてあります」

「さようか、苦労しておるようじゃな」

「川村様には、なんと」

「同じようなことじゃ。こりゃ、当分帰って来ぬな。わしのせいじゃ。あやつは悪うないのだぞ」

川村が白々しく言うので、おふじはくすりと笑った。

「大丈夫ですよ、川村様」

「うむ?」

「伝兵衛さんは、今ではうちになくてはならない人ですから、暇を出したりしません」

「そうしてやってくれるか」

おふじが襖を開けて、宿の者に酒肴を用意するように告げた。

程なく仲居が膳《ぜん》を持って来ると、薬の礼だと言って、川村に酒を勧めた。

「川村様は、伝兵衛さんを気にかけておられるのですね」

川村は、盃《さかずき》を干すと、静かに膳に置き、遠くを見るような目で言った。

「伝兵衛には、幾度となく命を救われたのだ。わしなど到底及ばぬほどの剣の達人でな」

「ええ！」

おふじは、初めて聞いて驚いた。

「あの伝兵衛さんが、剣術ができるのですか」

「わしの配下だ。当然であろう」

「知りませんでした。あたしはてっきり、川村様のお屋敷で下働きをしていたものとばかり」

「あやつは、伝兵衛はそういう男だ。下僕のようにしか見えぬが、剣術だけでなく、忍びの技も遣う」

「あの伝兵衛さんがねえ。人は見かけによらないと言うけれど、信じられません」

「役目に就いていた時もそうだったのだ。隠居した今では、ただの風呂焚きにしか見えまい。ここへは、差し料さえも、持って来ておらぬのであろう」

「はい。身一つで」

「あやつも五十路に足を踏み入れた。今度の役目が、最後になろう。重ねて頼む。戻って来たら、これまで通り、置いてやってくれ」

「そのことは御心配なく。伝兵衛さんが出て行ったきり戻らないものだから、喜之助が寂しがっていますし、今では壽屋の自慢となった薬湯のこともありますから、早く帰ってきてもらわなくては困るんです」

「さようか。ならば、そう伝えておこう」

川村は安堵《あんど》したのか、笑みを浮かべて、盃を差し出した。おふじが注ぐと、嬉しそうに呑み干した。

「いやあ、気分がよい。今宵《こよい》は、泊まろうかの」

「そうして下さいな。今、お部屋を用意いたしますから」

「うむ、頼む。ところで、女将」

呼び止められて、立ち上がろうとしていたおふじは、座りなおした。

「はい」

「近ごろ、伝兵衛を訪ねた者がおるか」

「いえ、来ていませんが、どなたか来られるのですか」

「いや、ならばよいのだ。熱いのをもう一本つけてくれ」

「はいはい」

川村は、こともなげに言ったが、実のところは、吉宗の手の者が伝兵衛のことを探りに来ていないか、確かめに来たのだ。

伝兵衛に、こたびの役目をさせるにあたり、亡き友の家族に危険が及ばぬよう、密かに警護をする気でいる。

何も知らぬおふじは、痒みを我慢して、いつものように表に出て、旅の客を迎えていた。通りで明るい声をかける仲居と並んで頭を下げているおふじの姿を見下ろしていた川村は、背後で障子を開け閉めする音に、振り向いた。

熱燗《あつかん》を持って来た仲居が、盆を畳に置くと、膝の前で手を揃えて頭を下げた。川村は、仲居に酌を求め、鋭い目を向けた。仲居が応じて酒を注ぐと、ゆっくりと呑み干して、盃を持った手を膝に置いた。

仲居が注ごうとしたのを断り、川村は、嘆息を吐いた。

「おみつ」

「はい」

「お前を、ここに送り込んでいて良かった」

そう言うと、おみつは燗徳利を置き、川村に顔を向けて言葉を待った。

「どうやら、こちらの動きが、吉宗公に知られたようだ」

「はい」

「相馬玄内が、動きはじめた」

落ち着いていたおみつだったが、相馬の名を聞いて、目を見張った。

伝兵衛が江戸を発って間もない頃に、仲居として壽屋に住み込んでいたおみつは、川村の屋敷で長らく女中をしていた女だ。

歳は三十路を迎えているが、浅黒い肌は色艶もよく、化粧っ気もないので、若づくりの面立《おもだ》ちをしている。

御庭番の屋敷に仕えていたおみつは、忍びの術などは遣えぬが、大奥の警護をしたこともあるほどの、薙刀《なぎなた》の名手である。

「相馬のことは、知っておるな」

「大奥に詰めていた頃に、一度だけ見たことがございます。血が通っておらぬと思えるほど青白い顔で、冷徹《れいてつ》さを現す目つきをしていたのを憶えております」

おみつはそう言うと、目を伏せた。

大奥にいた吉宗のもとへ相馬が呼ばれたのだが、その時偶然、おみつは姿を見ていた。二人の会話を聞いたわけではないが、相馬に見つかったおみつは、その場で捕らえられ、斬られそうになった。

吉宗が止めたおかげで命拾いしたが、凄まじい剣気に襲われたおみつは、刃を向けられて金縛《かなしば》りに遭《お》うたように身動きできなくなり、不覚にも、気絶した。

相馬の恐ろしさは、剣だけではない。狙いをつけた者は必ず探し出し、いかなる非道な手段を使おうとも、追い詰めて殺す。その執念深さ、残虐《ざんぎゃく》さを知る川村は、相馬が動き出したことを伝兵衛にも報せて、警戒を促《うなが》していた。

「奴のことだ、既《すで》に手の者を木曾に送り込んでおろうが、ここにも手を伸ばすやもしれぬ。女将と倅《せがれ》を、必ず守れ」

「かしこまりました」

「ゆめゆめ、油断するでないぞ」

「はは」

おみつを呼ぶおふじの声がしたので、川村は頷き、下がらせた。

窓辺に座った川村は、険しい顔で腕組みをした。怯《おび》えた顔で背を向けたおみつを見て、伝兵衛が生きて戻れぬのではないかという気が、心頭をかすめて一閃したのだ。

第二話　将軍家の秘宝

一

「天雲先生、このようなものまで混ぜて作る薬は、まことに効《き》くのでしょうな」

「つべこべ申さずに、さっさと入れぬか」

伝兵衛は、ぐつぐつと煮えたぎる鉄なべの中に、紅く毒々しい色合いをした茸《きのこ》を入れた。

天雲は、年季が入った自然木の棒を鍋に突っ込み、荒々しくかき混ぜると、とろみが増した汁を指に付けて舐め、味を確かめた。

「うむ、これでよい。伝兵衛、味見してみい」

棒を差し出されて、指に汁を付けられた。

おそるおそる舐めた伝兵衛は、あまりの苦さに顔をしかめ、唾《つば》を吐いた。

「たわけ、そのようなことで、味を憶えられはせぬ。もう一度じゃ」

言われて、再び汁を舐めさせられた伝兵衛は、苦みを我慢して、味を確かめた。すると、苦みの中にも微《かす》かな甘みがあり、次第《しだい》に、塩辛くなってゆく。

「不思議な味でござるな」

そう言ったつもりだったが、舌が回らず、酒に酔ったような言葉になった。

「ひだが、ひびれてごらる」

次第に酷くなり、もはや言葉にならない。

天雲は満足げに頷き、

「わしも初めは痺《しび》れた。そのうち慣れる」

棒を伝兵衛に渡すと、焦《こ》がさぬように混ぜろと命じた。

「水気をとばして、粉になるまで煮詰めるのじゃ。そうさな、今夜一晩は、かかろうかの」

外は日が傾きはじめたばかりだったので、伝兵衛は愕然とした。気の遠くなるような作業だが、粉にすれば完成だと自分を奮《ふる》い立たせ、薪を散らして火を小さくすると、焦がさぬように、棒を回し続けた。

天雲は一晩かかると言うが、伝兵衛は、日が暮れる頃には粉になっているだろうと、軽く考えていた。ところが、外がとっぷりと暗くなり、宵の口になっても、粘《ねば》り気は変わらなかった。

およう がこしらえてくれた握り飯と芋の煮物を食べながらも、片手だけは鍋を混ぜ続けた。そんな伝兵衛を眺めながら、旨そうに酒を呑んでいた天雲は、大きなあくびをすると、わしゃ寝る、と言って臥所《ふしど》に入った。

おようは燈明の下で縫物をはじめた。

伝兵衛は、器用に針を使うおようの指先を見ながら鍋を混ぜていたのだが、次第に眠くなり、気を紛らわすために、声をかけた。

「おようさんは、先生が作った薬を見たことがあるのかい」

「ええ」

手を止めずに、おようが答えた。

「その薬がないってことは、使ったということだな。どんな病人に試したのだ」

おようは縫物に集中しているのか、それとも答えるのを躊躇したのか、黙っていた。

伝兵衛は急《せ》かさず、鍋を混ぜながらおようの言葉を待っていると、

「麓の村の子供が死にかけた時に、使ったよ」

小声で言い、手を休めた。

伝兵衛は、身を乗り出した。

「死にかけた子供は、どのような病にかかったのだ」

「高い熱が何日も続いて、いよいよ危ないという時に、たまたま先生が麓に下りたんだ。先生は、薬を肌身離さず持っていたから、その子に飲ませたんだよ」

「薬で、熱が下がったのか」

「それだけではなかった」

「何が起きたのだ」

「その子は、生まれつき身体が弱くていつも熱を出していたらしく、耳がやられていたんだよ」

「聞こえなかったのか」

およらは頷いた。

「でも、熱が下がった時、親の声に顔を向けたんだ」

「薬で、耳が治ったと申すか」

「親はそう言って喜んだけど、先生は、子供の生きる力だと言って、認めなかった」

「噂になるのを、恐れたのだな」

伝兵衛は、鍋で煮える汁を覗き込んだ。この話がまことなら、天雲の薬は、家重公の病を治せるかもしれない。

焦がさぬように、丁寧にかき混ぜ、薪を焼《く》べて、火を絶やさぬように気をつけた。

縫物を終えたおようが、手伝ってやろうかと言ってくれたが、伝兵衛は、自分の役目だと言って断った。

あくびをしたおように、伝兵衛は、気になっていたことを訊いた。

「おようさんは、抜け忍なのか」

すると、おようは不機嫌な顔をした。

「あたしのことが、薬を作ることと関わりがあるのかい」

「抜け忍ならば、討手が来よう」

「そんなもの、来やしないよ。みんな、死んだからね」

「死んだ?」

「あたしのことより、今は江戸からの討手のほうが心配だ。御庭番が動きはじめたと、川村様から報せが来たんだろう」

「おようさんは、ここが、見つかると思うか」

「あたしたちがこうして暮らしているんだから、見つからないとは限らないよ」

「明日の朝には薬ができる。わしがここを去れば、御庭番の手の者が来たとて、先生とおようさんの迷惑にはなるまい」

　およう は鍋をちらりと見たが、何も言わず立ち上がり、臥所に入った。

　天雲の声がして、およう が応じたが、二人が何を言ったのかは分からなかった。真面目《まじめ》にやっているか訊いたのだろうと思い、伝兵衛はわざと鍋の端を叩き、汁をかき混ぜた。はじめた頃よりは粘りが増し、棒を持つ手が辛くなってきた。

　それから半刻もせぬうちに水気はなくなり、蕎麦《そば》粉を練《ね》るような状態になった。伝兵衛は、根気よく混ぜて、練り、叩き、外が明るくなった頃には、天雲が命じたとおりに、さらさらの粉末にしていた。

　伝兵衛は、薬の完成に安堵し、いつの間にか眠っていた。目覚《めざ》めた時には、囲炉裏の鍋は外され、替わりに、串に刺した山女魚《やまめ》が焼かれていた。

「おお、やっと起きたか」

「おはようございます。今、なんどきですか」

「寝ぼけておるのか。山暮らしに、時など分かるものか。日は、とうにてっぺんに昇っておるで、昼かの」

　土間から上がった天雲が囲炉裏端に座り、山女魚の串を回した。

　伝兵衛は、鍋を探した。

「薬、薬は何処に」

「ここじゃ」

天雲が茶碗を取り、伝兵衛に渡した。

鍋の底にあった粉が移されていたが、量が半分より少なくなっていた。

「たった、これだけですか。残りはどうされた」

「この中じゃ」

薬は、紙に包まれていた。

包みを渡されたので、伝兵衛は押し頂き、懐に入れて立ち上がった。

「世話になり申した」

「何処へゆく」

「江戸に帰り、さっそく上様に飲んでいただきます」

「ばかを申すな。薬作りは、これからが本番じゃ」

「なんと申される」

「おぬしが持っているのは薬とは呼べぬ代物《しろもの》。そのまま飲めば、毒じゃ」

伝兵衛は目を見張り、包みを出した。

「先生は、わしに毒を作らせたのか」

「毒であって、毒ではない」

「いい加減なことをおっしゃるな」

「まあ、座って聞け」

囲炉裏端を示されて、伝兵衛は座った。

「まずは、粉を箸《はし》の先につけて、舐めてみよ」

伝兵衛は、言われるままに箸をとり、先を舐めると、粉を付けた。口に含むと、舌は痺れなかった。

「何も起きませぬが」

「それでよい。じゃが、その粉は、薬の一服分ほども飲めば、手足が痺れ、動けなくなる」

「やはり、毒ではござらぬか」

「うむ。このままじゃと、毒じゃ。しかし、死にはせぬ」

「これから何をすれば、村の子を治した秘薬になるのです」

「おようから、あの話を聞いたか」

「はい」

「うむ」

「しかし先生は、子供の生きる力が治したと、申されたそうですな」

「噂が広まると、困るゆえな」

「やはり、そうでしたか」

「これから見せるものは、おようも知らぬことじゃ」

天雲は、庭で草むしりをしているおようを見ると、帯に下げていた印籠《いんろう》を外した。

ありがたそうに、顔の前で印籠を拝《おが》むと、蓋を開け、白い紙包みを出した。

「これに入っているのは、龍の眼といわれる、将軍家秘蔵のお宝じゃ」

「龍の眼?」

「まことに龍の眼かは分からぬが、わしが御典医をしていた頃、家宣公から託されたものじゃ」

天雲は、思い出すように目を細めて、当時のことを語った。

「第六代将軍家宣公は、御子が相次いで早世していることを気に病まれていたのじゃが、ある日、本丸に呼ばれ、二人きりでお会いした。お世継ぎである鍋松《なべまつ》君の身体をご案じめされた家宣公は、わしに、将軍家に伝わる秘薬を作れぬかと申された。その秘薬とは、三代将軍家光《いえみつ》公が三歳の時に生死をさまよう大病にかかられた際に、家康《いえやす》公が自ら調薬し、御命を救われたというものじゃ。将軍家に薬は残っておらなんだが、調薬に使われた、この龍の眼が残っておった。わしは、家宣公の期待に応えようと、必死に薬を作ろうとした。じゃが、調薬の書き物もないゆえ、何をどうすればよいかまったく見当もつかず、失敗に失敗を重ねた。家宣公が生きておられるうちに完成できず、病にお倒れになられた鍋松君をお救いすることも叶《かな》わなかった」

「以来ずっと、この山に籠り、薬を作られていたのか」

伝兵衛が訊くと、天雲は頷いた。

「村の子供を診《み》た時は、薬を作れと申された家宣公の顔が目に浮かんでな。わしは、完成しておるかどうかも分からぬのに、持っていた薬を飲ませたのだ。子供が元気になったと聞いた時は、信じられぬ想いであったが、作り方を忘れてはおらなんだので、いま一度こしらえて、取っておいた」

「それは、ないのですか」

「ない。あれに使《つこ》うたゆえな」

天雲は顎を上げて、庭のおようを示した。

「おようさんに？」

「うむ。命を助けるために、使うた」

天雲が言うには、おようがこの家に来た時は、親と一緒だった。父も母も、西国の大名家に仕える忍びであったが、父親が掟《おきて》を破り、頭目の娘であった母親と恋に落ちて、二人して国を抜けたのだ。頭目が何者かは、今となっては分からぬが、およう の親は諸国を逃げ回り、ここに来た時には、親子三人、ぼろぼろになっていたという。それほど、およう の祖父が放った追っ手の攻めが、厳しかったのであろう。三人を助け入れた天雲は手を尽くしたのだが、父も母も、もはや、死を待つばかりであったという。そんな時、母親が、およう は、幼い頃から食う物もろくに食えず、口がきけぬと、死病の床で言った。そして、娘の命だけは助けてくれと、拝みながら死んだのだ。

天雲は、命の火が消えかけたおように、秘薬を飲ませた。すると、里の子供が助かったように、およう は、三日後には元気になり、驚いたことに、言葉をしゃべったのだ。

話を聞いた伝兵衛は、手にしている包みを見つめた。

「上様にも、効きましょうか」

「はっきり申して、それは分からぬ。じゃが、試してみる価値はあろう」

「試し、か……」

「さて、およう が草取りを終える前に、仕上げをするかの。袋を開けて、龍の眼の粉を入れて混ぜよ」

伝兵衛は、袋を開けた。龍の眼といわれる秘宝は、まるで、水晶を粉にしたような美しさであった。

「気をつけろ。わしが持っているものは、それが最後じゃ」

伝兵衛は、風に飛ばされぬよう気をつけて、粉を茶碗に入れた。

「龍の眼は、この世にもうないのですか」

「家宣公は、一部だと申されておった。おそらく歴代の将軍に伝えられる秘宝であろうから、家重公が持っておられよう」

「なるほど、もっと欲しければ自分で頼め、ということですか」

「あのお方は、大岡様とおぬしにしか、心を許しておらぬご様子ゆえな」

「この山奥に住みながら、よう知っておられる」

「無駄口はこれまでじゃ。粉を混ぜよ」

伝兵衛が茶碗の粉を混ぜると、天雲が、水を少し加えた。

途端に、粘り気が出て、色が黒色に変わった。

「良い加減じゃ。手で、小豆の大きさに丸めよ」

粘土のようになった薬を集めて、指先で丸めた。量は少なく、小豆ほどの大きさのものが、三つほど作れた。

「何とか、一回の分量は取れたようじゃな」

天雲は、二個でも、四個でも駄目だという。

いよいよ完成したと、伝兵衛が喜ぶと、

「まだじゃ。色が白色に変わるまで、日陰で乾かさねばならぬ」

十日は、かかるらしかった。薬草を集めることから初めて、四十日はかかることになる。

「家康公は何年かかったか知らぬが、わしは、これを作るまでに二十余年を費《つい》やした。おぬしは四十日で憶えたのじゃ、ありがたいと思え」

伝兵衛は、苦労が詰まった秘薬を見つめて礼を言い、押し頂くようにすると、天雲が示した屋根裏に上がり、乾かすための器に置くと、手を打って、秘薬の完成を神に願った。

二

伝兵衛がその女を助けたのは、蒸し暑い日のことだった。

日照りが続いているせいか、木陰の道を歩んでいても汗が流れるほどで、壽屋の薬湯に使う珍しい薬草を探しながら、竹筒の水を飲み干していた伝兵衛は、滝の水が落ちる音に誘われて、山の斜面を下りた。

落差の大きい滝があり、滝つぼは渦《うず》が巻いていた。下流には、淵になっているところがあるのだが、そこで水をくもうと足を向けた時、女がいた。

こんな山奥に女がいるとは珍しいと思いながらも、谷を越えた先に村があると聞いていたので、山の恵みを採りに来た村の女が、暑さに負けて水辺で休んでいるのだと勘繰って、声をかけようとした。

すると、女が水に浸した布を絞り、胸をはだけたので、慌てて岩陰に座り、女が去るのを待つことにした。

喉の渇きに耐えかねて、竹筒をかざしてみたが、一滴も落ちてこぬ。

そろそろ良かろうと思って顔を上げると、女はまだ身体を拭《ふ》いていた。その肌の色の白さと妖艶な身体つきに、伝兵衛の目は、釘づけにされた。

山に暮らす者には到底思えなかったが、身に着けた着物は粗末で、頭に手拭《てぬぐ》いを巻くと、浅黒く日に焼けた顔と相まって、山の女になった。

見た目は男を魅了する姿ではないが、着物の内に隠された女の魅力を隠れて見ていた者は、伝兵衛だけではなかった。

女が籠《かご》を背負《せお》い、山に戻ろうとした時、木陰から三人の男が現れて囲み、逃げ道を塞いだのだ。

山賊か、あるいは、猟をしていた男どもか、伝兵衛には見分けがつかなかった。その男どもに怯《おび》えた女が、籠を捨てて逃げようとしたのだが、腕を摑まれ、たちまち押し倒された。

女は悲鳴をあげたが、男たちは、助けなどいるはずもないと高《たか》をくくり、身体を組み伏せ、着物の裾に手をかけた。

女の足を摑み、広げていた男が、

「おい、ごん助《すけ》、早うせい」

などと言っている間に、頭を棒で打たれ、呻《うめ》き声をあげて突っ伏した。

「あきらめて、大人しくしろ」

上に乗った男が、汚い口を女の顔に近づけた時、う、と短く呻き、白目をむいて気を失った。力が抜けた男の下で、女はもがいていたが、手を押さえていた男は、女の胸に気をとられるあまり、仲間の異変に気づくのが遅れた。仲間が倒れて、はっと顔を上げた刹那、顔を蹴り上げられて、川の中に転がり落ちた。

伝兵衛は、気絶した男の背中を摑んで横に転がし、女を助け起こした。

「さ、今のうちに逃げな」

そう言って背中を押したが、怯えきっていた女は、よろけてしまい、伝兵衛にしがみついた。

「助けて、下さい」

「おい、しっかりせい」

女はよほど恐ろしかったのか、声かけにも応じず、腕の中で気絶した。

伝兵衛は困ったが、ここに置いて行くわけにもいかず、女を背負い、山を登った。

崖の前に来て、どうするか迷った。天雲の許しなく、連れて帰ることは出来ないと思ったのだ。

女を下ろし、気を入れて起こそうとしたのだが、女は目を開けなかった。死んでいるのかと思ったが、息はしている。

「可哀想に、よほど恐ろしかったのであろうな」

しばらく休めば、そのうち目覚めるだろうと思い、伝兵衛は女を木陰に連れて行って横にさせると、座った。忘れていた喉の渇きを思いだし、竹筒に水を入れてくればよかったと後悔したが、女を置いて沢に戻る気にはなれなかった。

目の前に竹筒が差し出されたのは、伝兵衛が女の側で横になり、程なくしてのことだった。気を抜いて、大きな木の枝を眺めていると、おようがいつの間にか近寄っていたのだ。

「さすがだ。まったく気づかなかった」

伝兵衛は苦笑いをすると、ありがたく水を飲んだ。

「こんなところで、女を襲ったのか」

水を吹き出した伝兵衛を、おようは軽蔑《けいべつ》の眼差しで見ている。

「ばかを申すな、わしは、この女を助けたのだ」

「助けて、犯したのか」

言われて、おようの目筋の先を見た伝兵衛は、ぎょっとした。女が着物の裾をはだけて仰向《あおむ》けになり、目を開けて呆然としていたのだ。

「おお、目が覚めたか」

伝兵衛が言うと、おようが裾をなおしてやり、女を抱き起こした。竹筒をおように渡してやると、

「水だ、飲め」

声をかけて女の口に竹筒の飲み口を当てて、ゆっくり飲ませてやった。

「猟師とも山賊とも分からぬ連中に襲われかけたのを、わしが助けてやったのだ。のう、そうであろう。このおなごに、そうだと教えてやってくれ」

伝兵衛が頼むと、女はうつろな目を伝兵衛に向けて、恐怖に目を見張ると悲鳴をあげ、また、気を失った。

絶句する伝兵衛に、おようが鋭い目を向けた。

「ち、違う、わしがそのようなことをするはずがなかろう」

「分かるものか、この痴《し》れ者め」

「し、痴れ者とはなんじゃ。よう考えてみよ、わしは五十路の爺じゃぞ。若いおなごを手籠めにするほど、元気ではないわい」

「先生と、まむしを食べたではないか」

「あれは、先生が……」

言いかけて、伝兵衛は口籠った。五十で女を抱けぬような貧弱者に、秘薬を作るのは無理だと脅《おど》されて、無理やり食べさせられたのだ。

そのおかげで、一晩中鍋をかき回すことができたのであるが、おようには、言い訳にしか聞こえぬと思ったのである。

「まむしを食うたとて、女を抱きとうなるとは限らぬ。しかも、手籠めにするなどと、わしは、そのような男ではないわい。その女は、襲われた恐ろしさで、気が動転しておるのだ」

その時、女を探す男たちの声が近くに聞こえた。

伝兵衛は、およように女を隠すように頼み、木陰から出た。

「おい、いたぞ！」

川に蹴り落とした男が、大声で仲間を呼んだ。三人と思っていた男は、五人に増えていた。

「野郎だ、わしらの邪魔をしたのは」

「せっかく、高く売れそうな女だと思うたに。おい、女を何処《どこ》へやりやがった」

火縄銃を持った男が、銃口を向けて脅した。

「言わねえと、本気で撃つでよ」

「待て、待ってくれ。話せば分かる。な、このとおり謝るから、物騒なものは、下げてくれ」

伝兵衛がなだめたが、男たちは引かなかった。

「女を何処へやった」

「さあ、今頃は、山を下っておろう」

「この野郎」

狙いを定めるので、伝兵衛は頭を抱えた。

「同じ山に暮らす者同士、仲ようしようじゃないか。これをやるから、勘弁してくれ」

伝兵衛は懐から小判を二枚ほど出し、放り投げた。

山暮らしをする男たちは、滅多に拝めぬ小判にぎょっとして、争うように拾った。

「まだあるなら出せ」

火縄銃を持った男が言い、唇を舐めた。

「出さねえと、撃ち殺して取るでよ」

伝兵衛は、着物をはだけて懐を開けて見せ、袖も裏返した。

「見てのとおりじゃ。ほれ、水さえない」

竹筒を逆さにして、水があれば分けてくれと頼んだ。

顔を見合わせた山の男たちは、二両もあれば旨い酒が呑めると頷き合い、伝兵衛に竹筒を投げ渡すと、立ち去った。

身ぐるみはがさぬところをみると、猟師だったらしく、血を見ずに済んだ。

伝兵衛は、ほっと胸を撫で下ろし、おようが隠れているところへ戻った。

「これで、わしがその女に何もしておらぬと、分かってくれたか」

「あんな奴らに金を渡すとは情けない。あたしがこらしめてやろうか」

「勇ましいことじゃが、無駄な戦いはせん方がいい」

おようは、女を見た。

「奴らに見つかるかもしれない。このまま置いて行けないよ」

「しかし、先生の家には連れて行けまい」

「あんたの上役がよこした手紙のことで、心配しているのか」

おようは、川村がよこした、相馬玄内が動き出したという警告のことを言ったのだ。

「何者なのだ、相馬という男は」

「わしは知らぬ。初めて聞いた名じゃ」

そう言いながらも、不安な気持ちは抱いていた。遠藤兼一からも、命を狙われるかもしれぬと言われていただけに、伝兵衛は、天雲とおように、家重を治す薬を作らせぬために、江戸から刺客が送られるかもしれぬと、教えていたのだ。しかし、天雲は、一笑に付した。秘薬の作り方を伝授した今、狙われるのはわしではなく、伝兵衛、おぬしだ、薬が出来上がり次第立ち去れ。そう言ったのである。

「助けておきながら、この女が刺客だと疑っているのか」

おようが、女を見下ろした。

「そうではないが、人を連れて行くのは、まずいと思うたのだ」

話しているうちに、女が目を覚まして、半身を起こした。

伝兵衛は、女を驚かせぬために身を隠し、およう に任した。

女は身形を気にしながら、あたりを見回している。

およう が竹筒を渡すと、水を一口二口飲み、ほっとした顔をした。

「ここは、何処ですか」

「滝がある沢から、少し南へ来たところだ」

「そうですか」

女は礼を言うと、立ち上がった。

「何処へ行く」

「帰ります」

「何処から来たんだい」

女は答えなかった。

「女一人で、どうして沢にいたんだい」

「木の実を採りに来たのですが、歩き回っているうちに沢に出て、あまりに暑いので、休んでいたのです。遅くなりました。早く帰らないと」

「今からじゃ、日が暮れるよ」

おようが言うと、女は空を見上げて、心配そうな顔をした。

それでも、帰ろうと背を返したが、おようが止めた。この女の素性《すじよう》を疑いはしたが、悲愴《ひそう》に満ちた面持ちを見て放っておけなくなり、女に声をかけたのだ。

「無理はしない方がいい。奴らが、まだ近くにいるかもしれないからね」

「でも、帰らないと、家の者が心配しますので」

女は、おようが止めるのを聞かず、村に帰ろうとした。

山に銃声が轟《とどろ》いたのは、その時だった。猟をしているのが先ほどの猟師たちかは、分かる由もないが、銃声は、女の足を止めた。

伝兵衛が姿を見せると、女は怯えたが、おようが、助けた者だと教えると、思い出したのか、目を見開いて、慌てて頭を下げた。

「わしが送ってやろうか」

伝兵衛が言うと、女はかぶりを振り、遠慮した。

遠慮というよりは、恐れたという方が正解で、

「やはり、一晩だけ、泊めていただけませんか」

およように、頭を下げた。

「いいよ、泊まりな」

「おようさん」

伝兵衛が止めたが、およは、大丈夫だと頷いて、女を連れて、崖を登らなくても済む道へと、足を向けた。

「あんた。ほんとに、いいのかい」

伝兵衛が言うと、女が足を止めた。

「一晩泊まると申しても、わしも同じ屋根の下におるし、わしより助平《すけべ》な爺様もおるのだぞ。家に帰った方が良いと思うが」

女はどうするか考える顔をしたが、また銃声が轟いたせいで、伝兵衛と夜道を歩く方が恐ろしいと思ったのか、頭を下げて、およのあとを追った。

女の細い背中を見て、伝兵衛は、自分の考え過ぎだと思い、あとを追って歩みはじめた時には、刺客に対する警戒心は、すっかり失せていた。

木曾谷の深い山々が、伝兵衛を油断させていたのだ。

三

女は、天雲に名を訊かれて、おくみと答えた。

「おくみさんか、危ないところであったの。この谷には、女人など滅多に入らぬゆえ、ごろつきどもは、気が狂うたのだ」

天雲が知っているような言いぐさをしたので、伝兵衛が、男たちは何者なのかと問うた。

「あやつらは、落武者じゃ」

「なんと、おっしゃられる」

泰平の世に戦《いくさ》があろうはずもなく、落武者などいるはずはない。

「戦国の、亡霊と申されるか」

「たわけ、そのようなもの、この世におるものか。落武者と申したは、あやつらが、浪人じゃからじゃよ」

「浪人？」

「まあ、刀はとうに酒に替わっておるし、武士の心なんぞはかけらも持っておらぬ輩《やから》じゃが、わしが勝手にそう呼んでおる。人里離れた地で徒党を組み、熊を獲って暮らしておる連中じゃ。肉を食うせいか、皆、大きな身体をしておったろう。落武者どものことを思い出したら、久々に、熊の肉が食いとうなったわい」

時々、熊の肉や肝を分けてもらう仲だったが、近頃は、天雲の足腰が弱くなり、山を下れぬため、付き合いがないという。

「ここへは、来ぬのでしょうな」

伝兵衛が訊くと、天雲は、囲炉裏を挟んで座るおくみに言った。

「落武者どもは、ここへ来る道を知らぬゆえ、安心いたせ」

「はい」

「では、夕餉にするかの、およう」

天雲が機嫌よく言うと、おようが台所に向かった。

おくみも手伝うと言い、およう と台所に行くと、天雲が、伝兵衛の膝を叩いて、顔を寄せてきた。

「なかなかに、良いおなごではないか」

「素性が分からぬ女です」

「なんじゃ、恐れておるのか」

「あの者は、木の実を探しに山に入ったと申しておりますが、怪しい。ここに連れて来ることを止めたのですが、おようさんが、心配いらぬと申して」

「ならば、大丈夫だ。おようは、人を見る目があるでな」

「油断は禁物です。相馬の手の者かもしれませぬぞ」

「あの足の運び方は、武芸を心得た者のものではない。それより、薬の具合はどうであった」

「先程見ましたが、白色になっておりました。まだ八日ですが、完成とみてよろしいか」

「見せてみい」

「女に見られてはまずいのでは」

「案ずるな。早う持って参れ」

言われて、伝兵衛は、屋根裏から薬を持って下りた。

白い粒を指に挟み、夕日にかざした天雲は、目を細めた。

「まだじゃ」

「だめですか」

「だめではない。あと二日もすれば、出来上がろう」

伝兵衛は安堵し、三粒の秘薬を元の位置に戻して来ると、天雲の前に正座した。

「秘薬が出来ましたら、ただちに江戸に戻ります」

「そうか。では、おくみさんを送ってやるがよい」

「しかし、二日後ですが」

「それまで、ここにおればよかろう」

「おくみさんが、待てるというなら」

「うむ」

天雲は、白湯をすすり、目を閉じた。

「家重公の噂を耳にした限りでは、家綱公の悪政を正された家宣公のように、民のためになる政をなされよう。その御姿を、見たいものじゃ」

天雲は、名君と言われた家宣に、家重のことを重ねて見ているようだったが、家宣のことを知らぬ伝兵衛には、返答しかねることであった。

「のう、伝兵衛、そう思わぬか」

「はて、わしには分からぬことで」

「まあ、よい」

「何が、よいのです？」

鍋を持って来たおようが訊くと、天雲が顎《あご》を振った。

「伝兵衛は、二日後にここを発つそうじゃ」

話をはぐらかすと、

「随分急だな」

おようが、無関心な様子で言った。

「薬が……」

言いかけて、伝兵衛はおくみを気にして、声を小さくした。

「薬を持って急いで戻り、役目を終わらせる。さすれば、先生にも迷惑がかかるまい」

おようは鍋の煮物に味を付けながら、伝兵衛に頷いた。

「それじゃ、明日あたしが、おくみさんを送って行こう」

「いや、わしが送る」

伝兵衛は、二日後までここに泊まるよう、おくみに言ってくれと、おように頼んだ。

おようは、山歩きに慣れぬ伝兵衛を案じたが、天雲が、伝兵衛に送って行かせろと言ったので、それに従った。

この日の夕餉は、畑で採れた南瓜《かぼちゃ》を煮たのと、わらびの塩漬け、そして、おくみがこしらえた、胡瓜の塩もみだった。

「おお、ほほ、これは、旨い」

天雲は、胡瓜の塩もみを食べて喜び、箸を置いた。

「ところで、おくみさんとやら。何処の村から来たのじゃ」

天雲が訊くと、おくみは箸を止めた。

「麓の村か」

「いえ」

「となると、谷の向こうの村か」

おくみは、押し黙った。

その様子を見て、天雲が険しい顔をした。

「村長の与助《よすけ》殿は、息災でおられるか」

訊かれて、おくみが目を見張った。

天雲は、おくみを見て見ぬふりをして、村のことを言った。

「谷の向こうの村からだと、滝がある沢までは、随分遠い。そのような所まで来ることを、与助殿は禁じておるはずじゃ。木の実を採りに来たと申すは、嘘じゃな」

問われたおくみは、答えられずに黙り込んでいる。額に汗を浮かべ、首筋に、汗が流れた。

「どうした、おくみさん」

伝兵衛が訊くと、おくみが下座に下がり、両手をついて、頭を床につけた。

「罰を覚悟で、参りました。本当は、先生のことを探していたのです」

「ならば、なぜ嘘をついたのだ。初めから、先生に会いたいと申せばよいではないか。わしが問うた時、何ゆえ先生の名を言わなかった」

伝兵衛が言うと、

「あなた方が、天雲先生の家の方とは思いもよりませんでしたので」

おくみは顔を上げて、天雲は一人暮らしだと思っていたと言ったが、伝兵衛には、苦しい言い訳にしか聞こえなかった。

「ここへ来てすぐ、先生に何も訊かなかったではないか。村のことを訊かれて急に態度を変えるとは、怪しいやつじゃ。おぬし、相馬の手の者じゃな」

伝兵衛が疑い、厳しい顔で問い質《ただ》すと、おくみは、なんのことか分からぬ様子で目を泳がせた。

「黙っていましたのは、先生に、追い返されたくなかったからです。相馬という人など、知りません」

「嘘を申すな」

「嘘ではありません！」

おくみは、必死に訴えた。

「この人は、嘘をついていないよ」

おように言われて、伝兵衛が天雲を見ると、天雲は、目を細めて頷いた。

「命がけでわしを探しに来たのは、誰ぞ、病に倒れたからか」

「はい」

「わしのことは、与助殿に聞いたのか」

「いいえ。麓の村で、先生が重い病の子を助けたと」

「噂になっておるのか」

「はい」

「妙じゃの。これまで、村の者は口を閉ざしていたはずじゃ。村の、誰から聞いた」

「聞いてきたのはうちの人ですので、分かりません。うちの人は、見つからないから山には入るなと言ったのですが、どうしても、坊やを助けたくて」

「禁を破り、危険を承知で来たと申すか」

「はい」

子のことを思い出したのか、おくみは口を押さえて肩を震わせた。

「そなたの子が、病なのは分かった。命がけでわしを探そうと思うとは、重いのであろうな」

「はじめは、腹が痛いと言っていたのですが、そのうち熱が出て、何も食べないのです」

「いつから」

「三日前からです」

「歳は、いくつじゃ」

「五歳になりました」

「水も、飲めぬのか」

「ほとんど」

「それは、いかんな」

天雲は、ため息を吐き、伝兵衛を見た。

伝兵衛は、秘薬を使うと言われると思い、首を振った。じっとりとした目で天雲に睨まれたが、手を合わせて拝み、許しを請《こ》うた。

「安心いたせ、おくみさん。この男が、坊やを治してやりたいと、手を合わせて願うておる」

伝兵衛はぎょっとしたが、おくみに頭を下げられて、困り果てた顔をした。

その顔を見て、天雲は鼻で笑うと、膝を転じて、薬簞笥《だんす》の引き出しをいくつか開けて、薬草やら、丸薬《がんやく》を出して、これを持って行けと、伝兵衛に渡した。

秘薬を使わなくて済むのかと、伝兵衛が目顔で問うと、

「おそらく、腹に悪いものでも食べたのであろう。この粒は、反魂丹《はんごんたん》じゃ。効かねば、こちらを煎《せん》じて飲ませてやるがよい」

薬を渡し、

「明日の朝、行ってやるがよい」

言われて、伝兵衛は承諾した。

「およう、わしはもう寝る。床を敷いてくれ」

天雲は珍しく疲れたのか、夕餉も残して、臥所に入った。

四

翌朝早く、およようが支度してくれた朝餉を済ませた伝兵衛は、おくみと共に、天雲の家を出た。

山の朝は、昼間の暑さが嘘のように肌寒い。

「先生は、気分がすぐれぬのか」

伝兵衛が、起きて来ぬ天雲を気にすると、おようがかぶりを振った。

「心配はいらぬ。さ、急げ」

「うむ」

世話になったと頭を下げるおくみを促して、伝兵衛は、おようにに教えてもらった道へ足を向けた。

昨日、おくみが水浴びをしていた沢に下ると、そこからは、おくみが道案内をした。

天雲が落武者と呼ぶ連中と出会うこともなく、谷を下った伝兵衛たちは、冷たい水に腰までつかって沢を渡り、獣道を登った。

急な山だが、我が子を案じるおくみは休むことなく登って行く。

伝兵衛は足を止めて振り向き、景色を眺めて額の汗を拭った。このようなところに村があるのかと思いながら、伝兵衛はおくみのあとを追い、山を登った。

大きな岩を回り込むように登って行くと、その先は頂上らしく、木の間から日が射している。

「やっと着いたか」

「はい」

おくみは振り向いて笑みを見せると、山を登った。

伝兵衛も登りきると、眼下に、村が見えた。谷間の村は、山の急斜面にへばりつくように、家が建っている。どの家も小さく、棚田《たなだ》も畑の土地も少ないように思えた。

「まるで、隠れ里じゃな」

「村のはじまりは、武田《たけだ》家の落武者だったと聞いています」

「なるほど。信長《のぶなが》の軍勢をもってしても、見つけられなかったというわけか。何を糧《かて》に、暮らしているのだ」

「村の男は、木こりをしています」

徳川の世となって百数十年が経った今では、村は尾張《おわり》藩の支配下に置かれているものの、山奥には藩の役人もおらず、厳しい監視も年貢もないのだが、暮らしは楽ではなく、村人は、山仕事をしながら僅かな米と麦を育て、細々と生きていた。

村に入った伝兵衛は、人目を避けるようにして、おくみの家に案内された。藁《わら》ぶきの小さな家だったが、土壁も剝げておらず、天雲の家に比べれば、立派なものだった。

父親は、子を案じて家にいたが、おくみの顔を見るなり、何処へ行っていたかと怒鳴り、手を上げた。

顔を叩こうとした手を、伝兵衛が止めた。

「子のために、命がけで山を歩いたのだ。叩くやつがあるか」

「誰だ、あんた」

「薬師の使いだ」

父親は戸惑う顔をしたが、何か言わねば、気が済まぬようだった。

「女房のやつは、藩の大切な山に足を踏み入れた。役人に知れたら、わしら一家は、ただじゃ済まねぇのだぞ」

「子のためにこうして無事に戻ったのだ。労《ねぎろ》うてやらぬか」

伝兵衛はあしらうと、遠慮なく上がり、病床で苦しむ子供を診た。

「この子の名は」

伝兵衛が訊くと、

「たけるです」

おくみが答えた。

「たけるか、良い名じゃ」

「わしが付けただよ」

父親が態度を変えて機嫌よく言い、自分は杉蔵《すぎぞう》だと名乗った。

杉蔵の母親が、薬を飲んだばかりの孫の顔を、水を絞った布で拭いてやっている。

「この子は、何か悪いものを食べたのか」

伝兵衛が訊くと、家の者は、心当りがないと言った。

食べ物で起きた腹痛でないとすると、腹にできものでもあるのかもしれぬ。

伝兵衛はそう思ったが、医術の心得がない者が出来るのは、天雲がくれた薬を飲ませて、様子を見ることしかない。まずは、腹痛に効く反魂丹を飲ませた。

日が西に傾きはじめた頃に飲ませた薬は、夜になって効き目があらわれ、子供の腹痛は治まった。

「あれほど痛がっていたのに、まるで嘘のようじゃ」

杉蔵が喜び、おくみは、子供を抱き起こすと、何か食べるかと訊いた。

頷いた子供は、熱も下がり、顔色も良くなっていた。

「薄塩の重湯がよいぞ」

姑《しゅうとめ》が言うと、おくみは子供を横にさせて、台所に立った。

「この子に飲ませた薬は、なんという薬ですか」

杉蔵に訊かれて、伝兵衛は、反魂丹だと答えた。

すると、杉蔵は、草鞋を編《あ》んでいる老爺に顔を向けた。

「反魂丹なら、夕べ親爺が持っていたのを飲ませたが、効かなかったぞ」

言われて、伝兵衛は袋の薬を出してみた。

朱色の平らな粒は、どこにでもあるものに違いないのだが、ひょっとすると、天雲の作ったものは、ほかのものより効き目があるのかもしれない。

「先生のが、この子に合《お》うていたのだろう。重湯と一緒に、これも煎じて飲ませるとよい」

伝兵衛は、薬草を渡した。

その後、子供が腹痛を訴えることはなく、翌朝にはすっかり元気になり、朝餉の白飯を食べた。

「もう大丈夫じゃ」

伝兵衛は、初めて子の様子を見た時は、どうなるか不安だったが、一晩でけろりと治ったことにほっとしながらも、さすがは、天下の将軍家に仕えただけのことはあると、天雲に感心した。

その天雲が、何十年もかかって完成させた秘薬は、必ず家重公の病を治すに違いない。

急ぎ、江戸に戻ろうと思い、伝兵衛は、薬の残りを全て渡して、杉蔵や杉蔵の親に見送られて、家を出た。

村長には何も告げずに帰り、谷の上まで送って来たおくみには、天雲に用がある時は、一人で来ぬことだと告げて、帰途に就いた。

五

伝兵衛は、来た道を辿《たど》って谷を下り、沢を渡って、天雲の家がある山を登りはじめたのだが、雑木林の中で、烏《からす》がやけに騒いでいるのに気づき、足を止めた。

獣の死骸《しがい》でも取り合っているのかと思いながら歩を進めると、空から、物が落ちてきた。見ると、布きれだった。男の悲鳴が山に響いたのは、その時だ。

伝兵衛が、悲鳴がした方に行くと、人が木に縛《しば》り付けられていた。烏に顔をつつかれて、悲鳴をあげているのだが、その隣にも人が縛り付けられており、ぐったりとした男は、両目ともえぐり取られていた。

伝兵衛は大声をあげて走り、烏を追い払ってやった。木の上に逃げながらも、執念深く離れようとしない烏に向かって石を投げ、男を助けてやろうと近づいた。よく見れば、その男たちは、おくみを襲おうとした、落武者たちだった。

「た、助けてくれ」

顔を傷だらけにした男のほかは、皆、息をしていなかった。伝兵衛に火縄銃を向けた男は、二つに断ち切られた銃を握ったまま、仰向けに倒れていた。

助けを求めた男の縄を解きながら、何があったのか訊くと、恐怖に目を見開き、地べたを這《は》って木の陰に隠れた。

「おい、何があったのだ」

「い、いきなり、黒装束の者が現れて、襲われたのだ」

木に縛られて死んでいる者は、拷問《ごうもん》を受けたようだった。そのことを訊くと、男は顔を押さえて、嗚咽《おえつ》をあげた。

「奴ら、人間じゃねえ。おれの兄貴の目を、えぐり出しやがった」

「何のための拷問だ。里で、悪さをしたのか」

「そ、そうじゃあねえ。せ、先生の住家を、訊かれたのだ」

伝兵衛は、背筋が凍りつくような寒気に襲われた。

「お前を襲った者は、天雲先生を探していたのか」

男が頷いた。

伝兵衛は男の胸ぐらを摑み上げた。

「喋ったのか」

男は、目をそらした。

「お前らは、先生の住家を知らぬはずだろう」

「何年か前、獲物を追っている時に、見たことがあった」

「場所を教えたのか」

「し、仕方なかった。言わなきゃ、殺される」

伝兵衛は男を突き離し、天雲の家に走った。

崖の前に着くと、岩に足跡があり、崖を登った痕《あと》があった。

「先生、およう さん」

伝兵衛は崖を這い上がり、笹の中を駆けた。畑に出ると、家の周囲に人影はなく、静まりかえっていた。だが、畑には、無数の足跡がある。

伝兵衛は腰に手を回して仕込みの小太刀を抜くと、家に忍び寄り、裏に回った。裏庭には、黒装束で顔を隠した者が、二人倒れていた。

おようが戦ったのか、近寄って息を確かめると、していなかった。

鋭い目を裏木戸に向けた刹那、ゆっくりと開けられ、首に刃を向けられたおようと天雲が連れ出された。

黒装束の者がおようと天雲に刃を向け、その後ろから、派手な朱色の陣羽織を着けた侍が出て来ると、身構える伝兵衛に薄ら笑いを見せて、鋭い目をした。

「待っていたぞ、里見」

そう言った男は、伝兵衛には、見覚えのある顔だった。

「貴様を、吹上で見たことがある。相馬とやらの配下であったか」

「二人の命が惜《お》しければ、刀を捨てろ」

伝兵衛は、抜刀していた小太刀を腰の鞘に納め、二本とも足元に置いた。

黒装束の者が駆け寄り、伝兵衛に縄を打つと、頭目のところへ連れて行かれた。膝の後ろを蹴られて押さえられ、地べたに膝をつかされると、髪を摑まれて、顔を上げさせられた。

　その顔を覗き込み、頭目が訊いた。

「このじいと小娘に訊いたのだが、秘薬はお前が持っているそうだな」

「伝兵衛、こやつらは、お前の手柄《てがら》を横取りしようとしておる。わしもおようも、お前たちの争いに巻き込まれて迷惑じゃ。たかが薬で、命を落としとうない。早う、出してやれ」

　天雲に言われて、伝兵衛が嘆息を吐くと、頭目が鼻で笑った。

「そういうことだ。大人しく出せ」

「出す前に、訊きたいことがある。お前たちは、相馬の手の者か」

「知ってどうする」

「答えになっておらぬ」

「いかにも、相馬様の配下だ」

「相馬は、大御所様の命で動いているのか」

「それがしは、相馬様の命に従うのみ。ほかのことに興味はない」

「相馬が上様の病を治すのならば、薬は渡す」

「そうでないと、申したら」

「渡さぬ」

頭目が、馬鹿笑いをした。笑いながら、伝兵衛の腹を蹴った。痛みに悶絶《もんぜつ》する伝兵衛は、配下の者に髪を摑まれて顎を上げさせられ、歯を食いしばった。

頭目が伝兵衛を見下ろして、冷ややかな目で言った。

「もう一度ふざけたことを申したら、首を刎ねる。貴様のではなく、じじいと小娘のだ」

こういう男は、脅しは言わぬ。

伝兵衛は、観念した。

「わ、分かった」

「さっさと、在処《ありか》を言え！」

「懐じゃ。懐に入れておる」

伝兵衛が口を開く前に、天雲が言った。

頭目が目顔で命じると、配下の者が伝兵衛の懐を探り、紙包みを出した。

「中の粉が、秘薬だ」

伝兵衛が教えると、頭目が包みを奪い、開けて見た。

「これが、上様の病を治す秘薬なのか」

「そうだ。世のために、上様の病を治してくれ」

頭目は様子を探るように、伝兵衛を睨んだ。そして、配下の者を呼び、包みを渡した。

「はは」

「中の薬が本物かどうか、じじいに飲ませてみよ」

「量を間違えるな。多すぎても、少なすぎても効かぬ」

「ならば、適量を申せ」

「口では、難しい」

「ふん」

鼻で笑った頭目が、

「じじいと小娘を連れて来い」

命じるや、天雲とおようが、伝兵衛の側に連れて来られた。

「じじい、貴様が適量に分けろ」

頭目が命じて、配下が天雲の縄を解くと、薬と懐紙が渡された。

天雲は、ごくりと喉を鳴らして、耳かきですくったほどの量に分けた。龍の眼を混ぜぬうちは毒だが、死にはしないことを知っているので、適当に分けたのだ。

「じじい、その薬を飲め」

頭目に言われて、天雲がためらった。

「どうした。万病に効く秘薬ならば、年寄りには必要であろう」

「しかし、これは徳川将軍家の秘薬。わしのような者が飲んでは、ばちが当たる」

「貴様が作ったものだ。遠慮せず飲め」

頭目が言うと、天雲から薬を奪った。

「わしが飲ませてやる。口を開けい」

配下の者が、天雲の口を開けさせた。

頭目が、粉を口に流し込もうとした寸前に、伝兵衛とおようの顔色を窺った。

天雲は、早く入れろと言わんばかりに、舌を出したり引っ込めたりしている。

頭目は、天雲が分けた粉を載せた懐紙を包むと、懐に納め、残っていた方の粉を、全て天雲の口に入れた。

一服分どころの量ではない。

伝兵衛は、あっと息を呑んだ。

「先生!」

おようが悲痛な声をあげた。

配下の者に口を押さえられている天雲は、毒が回ったのか、白目をむきはじめた。

「ほほう、やはり思うたとおり、毒であったか」

頭目が、じろりと伝兵衛を睨んだ時、天雲が配下の腕を摑み、九十を過ぎた老体とは思えぬ力を出し、一ひねりで倒した。

意表を突かれた頭目が、咄嗟《とっさ》に抜刀した刹那、天雲が頭目の顔めがけて、粉を吹き出した。

粉がしたたかに入り、頭目は目を押さえて悲鳴をあげた。

龍の眼が入っていない粉は、頭目の目を潰し、手足を痺れさせた。

「今じゃ、二人とも逃げよ！」

天雲が叫ぶや、伝兵衛は、自分の髪の毛を摑む配下の力に抗《あらが》って立ち上がりざま、踵《かかと》で脛《すね》を蹴り、怯《ひる》んだ隙《すき》に身を転じて跳び、両足を首に絡めてへし折った。

相手が倒れるのと同時に両足を地につけ、足を振って、地下足袋《じかたび》に仕込んでいた小柄を、おようの背後にいる者にめがけて飛ばした。

縛られているおようを後ろから斬ろうとしていた者は、伝兵衛の小柄が首に刺さり、呻き声をあげてうずくまり、動かなくなった。

二人残っていた配下が伝兵衛に向かった。

抜刀した刀を袈裟懸《けさが》けに斬り下ろされたが、腕を縛られている伝兵衛は、後ろに宙返りして刃をかわし、下から斬り上げられた二の太刀は、横転してかわした。

伝兵衛は、およう天雲から離れるように、配下の者をおびき寄せていた。逃げる伝兵衛に苛立ちを露わにした敵が、刀を振るうのを止めて手裏剣を放ったが、木の陰に隠れてかわした。

伝兵衛は、すぐに木の陰から出ると、

「その程度の腕では、わしを倒せぬぞ」

などと言って笑みを見せ、挑発した。

「おのれ！」

配下の者は、大した鍛錬《たんれん》を積んでおらぬとみえて、容易く伝兵衛の挑発に乗り、駆けて来ると、力任せに刀を振るった。

完全に敵の太刀筋を見切っていた伝兵衛は、幹竹割《からたけわり》に斬り下ろされた切っ先に、己の身体を縛っている縄を切らせた。

伝兵衛の両手が自由になるや、敵がぎょっとした。慌てて斬り上げようとしたところへ、伝兵衛が間合いを詰め、拳で喉を突いた。

喉の急所を潰されて悶絶する敵から刀を奪い、最後の一人と対峙《たいじ》した。

残った配下の者は、伝兵衛の強さに恐れおののき、じりじりと、後退している。

そして、背を返して逃げた。

伝兵衛は、その者の背中めがけて刀を投げた。

配下の者は、背中に深々と突き刺さった刀に断末魔の声をあげ、伏し倒れた。

「先生！」

おようの叫び声がしたので、伝兵衛は目を見張った。

頭目は、手足の痺れが取れず、仰向けに倒れたまま、白く濁《にご》った目を見開いて、目が見えぬと言ってわめいていた。その横で、天雲が倒れている。

おようが天雲に寄り添い、声をかけているが、動いていない。

伝兵衛が駆け寄ってみると、天雲の着物に、血が滲《にじ》んでいた。頭目に粉を吹きかけた時、胸を斬られていたのだ。

「先生、しっかりしろ」

伝兵衛が声をかけ、おようの縄を解いた。おようが天雲にしがみつくと、薄目を開けた天雲が、愛おしげに頭を撫で、伝兵衛に目を向けた。

「伝兵衛。わしは、十分に生きた。思い残すことと申せば、この子のことじゃ」

「死ぬな、先生」

およようが言うと、天雲が優しい笑みを浮かべた。

「伝兵衛。この子は、わしの娘のようなもの。生娘じゃ。お前に託すゆえ、良い家に嫁《とつ》がせて、幸せにしてやってくれぬか」

「何を言う、あたしはここを離れないよ」

「たわけ、娘一人で山奥に暮らして、幸せにはなれぬ」

「先生がいるよ」

「さよう。わしは、お前の側におる。ゆえに、伝兵衛と共に行くのじゃ。よいな、およう」

天雲はそう告げると、大きく息を吐いて、こと切れてしまった。

「先生！」

おようが悲鳴をあげて身体を揺すったが、天雲は、二度と目を開けなかった。

憎しみに満ちた目を頭目に向けたおようは、配下の刀を拾うと、狂ったように大声を出して向かった。

切っ先を下に向けて、頭目の身体に突き刺そうとしたのを、伝兵衛が止めた。

「離せ！　先生の仇《かたき》だ！」

抗うおようを伝兵衛が抱きしめていると、頭目が、愉快げに笑った。

「じじいめ、死におったか。わしの目を潰した報いじゃ」

嬉々《きき》とした声で言い、

「どうした娘、早う殺せ」

おようを挑発した。

腕から逃れようとするおようを押さえ込んだ伝兵衛は、刀を奪い、頭目を木に縛り付けた。そして、配下たちの死骸を、頭目の側に寄せ集めた。

「貴様、何をしている」

「黙れ」

伝兵衛は、天雲を殺した頭目を見下ろした。

「お前らが猟師にしたことと、同じだ」

そう言うと、空を見上げた。無数の烏が舞い、鳴き声をあげている。

自分の状況が分かったのか、頭目は、声にならぬ悲鳴をあげた。伝兵衛は、命乞《ご》いをする頭目に背を向けると、家の屋根裏から秘薬を持ち出して、天雲の亡骸《なきがら》を背負った。

「麓の寺で供養《くよう》する。それでよいな、およう」

頷いたおようを連れて、伝兵衛は立ち去った。

人気が引くや、烏どもが一斉に舞い降りて来た。頭目の悲鳴が山に響いたが、伝兵衛とおようは、振り向きもせずに山を下った。

道なき道を四半刻ほど下った時、伝兵衛は、山の中に潜む気配を察した。身構える間もなく、気配は殺気に変わり、伝兵衛たちを襲った。

「逃げろ」

そう叫んだ刹那、空を切る鋭い音と共に吹き矢が飛び、おように刺さった。

「うっ」

呻き声をあげたおようがよろけるのを助けた伝兵衛は、天雲の亡骸を背負ったままおようの腕を摑み、斜面を駆け下りた。

追って来る気配があり、放たれた吹き矢が天雲の身体に刺さった。

「済まぬ、先生」

楯《たて》にすることを詫《わ》び、おようを走らせた伝兵衛だが、背後に迫る敵の足の方が勝《まさ》っている。

やむなく、天雲の亡骸を諦めた伝兵衛は、おようを連れて走った。

吹き矢が、伝兵衛が去ったあとに木の幹に刺さり、うなりを上げて飛ぶ手裏剣が、

およう の足元に木の葉を舞わせた。

「もうだめだ」

おようが力なく言うのを無視して、伝兵衛は走った。だが、おようは足に力が入らないらしく、二人はもつれるようにして、斜面を転がり落ちた。

木の幹に背中を打ち付けてようやく止まったが、伝兵衛は苦痛に呻き声をあげた。

「この下だ、探せ」

女の声がして、斜面を滑《すべ》り下りる音がした。ここで追いつかれたら、命はない。

伝兵衛は、歯を食いしばって立ち上がると、背後を見た。岩の下は、切り立った崖となり、滝の音が聞こえた。おくみを助けた滝が、下にあるのだ。

「いたぞ！」

男が叫ぶや、抜刀するのが見えた。

追い詰められた伝兵衛は、おようを抱き寄せて、崖から飛んだ。

どうどうと流れる滝の中に、伝兵衛とおようが落ちた。その様を上から見た敵は、全部で六人だった。

黒装束の配下を押しのけて前に出たのは、長い髪を後ろで束ね、紅い唇が映《は》える妖艶な女だ。

女は、崖の下を覗き込むと、口元に笑みを浮かべた。

「ここに落ちたら最後、生きちゃいないね。だが念のためだ、お前たち、死体を探してきな」

女が命じると、黒装束の配下どもが散り、伝兵衛とおようを探しに行った。

六

蔓《かずら》を摑んだ伝兵衛は、力を振り絞って水から這い上がった。腕には、ぐったりとしたおようを抱きかかえている。

滝からずいぶん流されたが、それが幸いし、刺客から逃れることができていた。

伝兵衛は、おようを岩場に寝かせると、傷を調べた。腕に刺さったように見えた吹き矢の痕は、どこにもなかった。だが、おようの顔は、血の気が失せている。毒が回っていると診た伝兵衛は、おようの濡れた着物を脱がせ、傷口を探した。

背中にはなく、仰向けにさせてみると、けがれを知らぬ女の乳房のすぐ下に、針の痕があった。やはり毒針だったらしく、周囲が青黒くなり、腫《は》れている。

伝兵衛は、苦しげに息をするおようを助けるために、小太刀を抜き、身体に少しだけ傷を入れた。

　おようは痛みを感じないのか、うつろな目をして、荒い息をしている。伝兵衛は、折れ込んでいた毒針を抜き、傷口から血を吸い取った。何度も繰り返しながら、手で足や腕を擦って、冷え切った身体を温めてやった。

「死ぬな、およう」

　伝兵衛は、血止めに効く草を石で潰し、傷口に当てると、細く小さな身体を抱きしめた。

「天雲殿と約束したのだ。死んではならぬ」

　背中を必死に擦っていると、おようが何か言った。

　伝兵衛が顔を見ると、薄目を開けて、唇を動かした。

　たすけて――

　おようの唇は、そう言っていたが、息は、次第に細くなっていく。このままでは、心の臓が止まる。

　伝兵衛は、おようを助けたい一心で、懐から印籠を出した。一か八か、秘薬を飲ませることにしたのだ。将軍家の薬だが、迷いはなかった。

　水に濡れていれば、効き目はないかもしれぬ。祈る気持ちで、印籠を開けた。

秘薬を包んでいる油紙は、水がついていたが、開けてみると、白い粒のままだった。

伝兵衛はほっと息を吐き、およう を抱き上げると、川辺に連れて行った。秘薬を口に一粒入れて、川の水をすくって飲ませた。

「あと二つだ。これで生きられるぞ」

そう元気づけて残りを飲ませると、日の当たる場所に連れて行き、身体を擦って温めた。

半刻ほども続けると、おようの顔に血の気が戻り、息もしっかりしてきた。声をかけたが、意識がないのか、おようは目を瞑《つむ》ったまま返事がなかった。

伝兵衛は、おように着物を着せると、山を見回した。檜《ひのき》と杉が植林されている山を、谷の上に見つけて、空を見て太陽の位置を確かめた。

おようを背負い、帯で身体に縛り付けた伝兵衛は、風が冷たい水辺を避けて、山に入った。急斜面を這い上がり、登りきると、遠くの山の斜面に立ち上る、細い煙が見えた。おくみの村だ。

「必ず助けてやるぞ。少し辛抱してくれよ」

伝兵衛は、背中のおように言うと、おくみの村を目指して山の中を歩いた。

日が暮れるのを待って、家の戸を叩くと、出て来たおくみが、伝兵衛とおようの姿に目を見張った。

「どうされたのです！」

「済まぬ」

伝兵衛は中に入ると、戸を閉めさせた。

囲炉裏端にいた杉蔵が立ち上がったので、伝兵衛は頭を下げた。

「一晩休ませてくれぬか。賊に襲われて、おようが怪我をしたのだ」

「そりゃいけねぇ。お上がりなさい」

杉蔵に囲炉裏端を勧められて、伝兵衛はおようを寝かせた。ここに来る間に着物は乾いていたが、おようは震えていた。

山は夜でも家の中は寒くなかったが、伝兵衛は薪を頼み、火を大きくした。

「怪我は、酷いのですか」

案ずるおくみに、だいじないと言い、伝兵衛は、火のそばでおようの身体を温めた。

「伝兵衛さんも、何か温かいものを食べるといい。おい、ほうとう汁だ。あれを作ってさしあげろ」

杉蔵が言うと、おくみが仕度をはじめた。

伝兵衛は礼を言い、おようの看病をしながら、たけるを探した。

「息子なら、爺婆と奥で寝ている。伝兵衛さんのおかげで、すっかり元気になって、今日なんてよう、あんだけ苦しんだことなんぞすっかり忘れて、走り回って遊んでいたでよ。あの薬をこしらえた先生は、大したもんだ」

言っておいて、杉蔵は、表情を曇《くも》らせた。

「賊に襲われたと言ったが、先生は、無事なのか」

伝兵衛が首を振ると、驚いて目を見開いた。

「襲うたのは、かかあを手籠めにしようとした奴らか」

おくみは、杉蔵に全て話していたようだ。伝兵衛が違うというと、どこからか山賊が来たと思ったらしく、住み着きはしないかと心配した。

「ここらあたりに住み着かれたら、わしらの村も危ねぇぞ」

「それはない。奴らの狙いは、天雲先生の薬だ。今頃は、山を下りておろう」

そう聞いて、杉蔵とおくみは安堵した様子だったが、伝兵衛の意識は、家の外に向けられていた。

おくみがこしらえてくれたほうとう汁は、代々伝わる味だという。さすがは武田家家臣の末裔《まつえい》だと思いつつ、伝兵衛は、ありがたく頂戴した。

およようにも食べさせてやろうとしたが、目を覚まさない。震えは止まっていたので、伝兵衛は無理をさせず、そのまま寝かせた。

別室で寝ると言った杉蔵とおくみに礼を言い、伝兵衛は、囲炉裏の火を消した。暗闇の中、杉蔵のいびきを聞きながら、一晩中警戒した。そして、これからどうするかを、考えた。秘薬をおようように使ってしまったからには、江戸城に行き、将軍家重に頼んで、龍の眼を分けてもらわなければならない。

秘薬は、また一から作らなければならぬ。

伝兵衛にとっては、龍の眼を手に入れるよりも、難しいように思えた。

「また、一からだな」

まるで、心の内を覗いたように、おようが言った。

「気がついたか。気分はどうだ」

「先生が死んだんだ。平気なわけない」

「うむ」

「秘薬は、どうするつもりだ」

「お前さんが手伝ってくれたら、また作れる」

「手伝うよ。あたしの命を助けてくれたんだ」

「材料を、集めなければな。春まで待たねばならぬ物もあるが」

「それなら、あたしが持っている」

「うむ？」

「先生が、身体にいいから持っていろと、渡してくれたものだ」

伝兵衛が、囲炉裏に小枝を焼べて火をおこすと、おようが、着物の袖から、朱色の印籠を取り出した。中に入れてあった薬草の葉は濡れていたが、乾かせば使える。

「これがあれば、他のものは、品川でも手に入る」

伝兵衛が言うと、おようが不思議そうな顔をした。

「品川？」

「うむ。品川に、身を隠す場所がある。そこへ行けば、安心だ」

伝兵衛は、天雲の遺言を守るために、おようを連れて品川の壽屋へ戻る決意をしていた。人が多い場所で身を隠しつつ、秘薬を早々に作りなおして役目を終え、おようを幸せにしてやろうと考えていたのだ。

伝兵衛は、おようを連れて夜明け前に杉蔵の家を出ると、朝霧に包まれた山を下り、品川を目指した。

七

一月後、江戸城西ノ丸に下った大岡出雲守は、書院の間の庭に控える者の報せに、動揺の色を隠せずにいた。

「甲斐天雲が、死んだか」

上座の吉宗が、低く、責めるような声で言うと、大岡は膝を転じて、畳に両手をついた。

「生きたまま捕らえて来るよう命じたのですが、手違いがあったようです」

「言い訳はよい」

「ははあ」

吉宗は立ち上がり、廊下に立った。

庭に控える者が頭を下げるのを見下ろし、

「面をあげよ、玄内」

声をかけると、黒い覆面をした男が、顔を上げた。

「川村の配下の者は、秘薬を手に入れておるのか」

「持っていたとしても、上様には届かぬかと」

「何ゆえじゃ」

「我が手の者が、滝から落ちるのを見ており、命はないものかと」

「骸《むくろ》を、見つけたのか」

「いえ」

「ならば、油断はできぬな。家重に秘薬が届き、まともに言葉をしゃべるようになれば、百姓どもが喜ぶ。同時に、余が築き上げた財は減り、幕府の力は衰える。それだけは、阻止せねばならぬ」

吉宗は、厳しい目を転じた。

「出雲」

「はは」

「もし、家重が薬を手にし、口がまともにきけるようになった時は、いらぬ政をさせぬためにも、始末せねばならぬ」

「大御所様」

愕然とする大岡に、吉宗は鋭い目をした。

「そうなれば、出雲、貴様も用無しじゃ。肝に銘じて、ことに当たるがよい」

「は、ははあ」

頭を下げる大岡を見下ろした吉宗は、書院の間から立ち去った。

用無しだと言い切られた大岡は、地位と家を失う恐怖に苛《さいな》まれて、畳に向けた頬をひくつかせ、目を血走らせていた。

畳に手をついたまま、後ろに顔を向け、

「玄内！」

大声をあげると、廊下に走り出た。

落ち着いた様子で座っている相馬玄内を睨み、しくじりを罵《ののし》った。

「必ず里見を探し出し、始末しろ。二度と、城に入れてはならぬぞ」

「ご安心召され。配下の者が申しますには、崖は高く、滝つぼは渦を巻き、落ちたら最後、命はないとのこと。骸が見つからぬのも、滝つぼの底に沈んでいるからにございましょう」

「聞いておらなんだのか。それでは、大御所様は納得されぬのだ」

「万が一、里見が生きておりましても、城に入れねばよいこと。本丸の警備を、増やされませ」

「ええい、わしに指図をするでない」

「これは、御無礼を」

「里見は、御庭番衆の配下の中でも、群を抜いて優れた者だったそうではないか」

「若かりし頃のことにござる」

「首を見るまでは、油断するでない」

「はは」

「川村は見つかったのか」

「未だ」

「里見が生きておれば、必ず川村を頼る。急ぎ見つけ出し、目を離すな」

「承知」

相馬は、ゆるりと立ち上がると、鋭い目を大岡に向けて頭を下げ、庭から立ち去った。

「不気味な奴め」

大岡は、相馬の眼光に背筋が凍りつく思いであったが、その思いを押しやるように、強がって見せた。

将軍直属の御庭番衆の一人である相馬は、本来家重の直臣であるが、大御所吉宗の命で、大岡に従っているだけなのだ。家重が吉宗によって排除されれば、相馬は必ず、牙をむく。

相馬の鋭い眼光を見た大岡は、そのことを予感せずにはいられなくなり、帯から抜いた扇子《せんす》で手の平を叩いた。

「なんとかせねば。なんとか」

落ち着きなく繰り返しながら、思案を巡らせた。

第三話　毒　女

一

伝兵衛がおようを連れて品川に戻ったのは、田圃《たんぼ》の稲が黄金色に色づきはじめた頃だ。

壽屋の裏手に回り、近所への使いから戻ったように木戸をくぐる伝兵衛は、小袖の裾を端折り、股引を穿いている。おようは、髪も結い、茶色に黒の縦縞《たてじま》が入った小袖姿で、風呂敷包みを持っていて、一見すると、買い出しから戻った旅籠の仲居だ。

この形《なり》ができたのは、木曾から帰る途中の田舎町《いなかまち》で、伝兵衛が作った薬を売り、路銀と古着代を儲《もう》けていたからだ。

「帰りましたよぉ」

中に入った伝兵衛は、忍び足で板場に行き、声を小さくして、様子を窺うように言った。

仲居のおきくが伝兵衛に気づくと、ぱっと顔を明るくして、大声を出した。

「伝兵衛さんじゃないの。今の今まで、どこに行っていたのさ」

「ちょいと、見舞に」

「見舞で、二月も三月もかかるのかい」

言っておいて、伝兵衛の後ろにいるおように気づいた。

「あらま、可愛い子だね。娘さんかい」

「いや、娘では——」

「そうだよね。歳からいうと、お孫さんだ」

「いや、そうではのうて」

伝兵衛が言うと、おきくが急に真顔になった。

「知り合いが、亡くなったんだね。それで、その娘さんを預かったんだ」

などと早合点《はやがてん》して、話にならぬ。およう は、髪を結って小袖を着させると、十七、八の娘に見えるのだが、旅の空で、おように歳を訊いた伝兵衛は、十六と教えられて、愕然としたものだ。天雲の家にいる時は、身形もそうだが、髪も無造作に束ねただけだったので、二十歳をとうに超えた女だと信じて疑わなかった。天雲が、自分の女房のような言い方をしたので、そう思い込んでいたとも言える。

そのおようが、おきくが気の毒そうにするので、天雲の死を品川の者が知っているのかという目顔を、伝兵衛に向けた。

「わしがここを出る時、病気の友を見舞うと嘘をついたのだ」

小声で教えると、おきくが聞き耳を立てたので、伝兵衛は、病の友が死んだことにした。

「おきくさんの言うとおり、この娘は、死んだ友の子でしてね。身寄りがおらんので、連れて来たんです」

「そうかい。気の毒にねぇ」

「女将さんは、いなさるかね」

「呼んでくるよ」

おきくが板場の者に、伝兵衛が帰ったと教えて事情を話し、女将を呼びに行くと、入れ替わりに、梅吉が出て来た。

「おい伝さん、大変だったな」

そう言って、おように腹はすいていないかと、声をかけた。

「減ってない」

おようが男勝りに言うと、梅吉が驚いたような顔をしたが、すぐに相好《そうごう》を崩して遠慮するなと言い、旨い菓子があるからと、中に誘った。

伝兵衛はおようの背中を押して入り、板場の横の、板の間の上がり框に腰かけさせた。

客用の生菓子を出されたおようは、楊枝《ようじ》を使わずに手で摑み、一口で食べた。口が肥《こ》えている客が喜ぶ梅吉の菓子だ。おようはその味に目を見開き、旨い、と感激して、皆を笑わせた。

伝兵衛が、自分のも食べろと渡してやると、今度は少しずつ食べては、嬉しそうな声をだした。

おきくが戻ると、女将のおふじが共に来た。伝兵衛が立ち上がって頭を下げると、安堵の笑みを浮かべて、帰りを喜んだ。

「女将さん、勝手を言いますが、わしをまた、ここへ置いてやって下さい」

「何よう、改まって。みんな待っていたんだから」

「甘えついでといっちゃぁ、あつかましいんですが、この娘も一緒に、置いて頂けませんか。皿洗いでもなんでも、させますので」

おふじがおようを見ると、おようは立ち上がって、ぺこりと頭を下げた。

「名は、なんていうんだい」

「おようだ」

無愛想に言うのに伝兵衛が慌てて、男手ひとつで育てられて、言葉遣いが悪いのだと言った。

「できればその、女の躾《しつけ》といいますか、この娘を、女将さんに鍛えていただきたいので」

「まあそれは、話を聞いてからだね。二人とも、座敷に行きましょうか」

おふじが背を返したので、伝兵衛はおようを促した。

「なんだか、偉そうだな」

おようが言うので口を閉じさせ、伝兵衛は草鞋を脱いで、座敷にあがった。

廊下の角を曲がったとき、おふじが待っていたのでぎょっとすると、腕を摑まれた。声を小さくしたおふじが、奥の部屋で、川村左衛門が待っていると言った。

「川村様のお役目をしていたんでしょう」

友を見舞うと嘘を言っていたので、伝兵衛はばつが悪そうに笑みを浮かべて、頷いた。

「川村様は、あたしたちを守ると言われて、ずっと泊まっていなさるんだよ」

「そいつは、ほんとうですかい？」

「何か、危ないお役目だったんだろう?」

訊かれて、伝兵衛は返答に困った。

「もう終わったのかい」

「いえ」

正直に言うと、おふじがおようをちらりと見て、伝兵衛を部屋に押し入れた。

「まさかあの娘、どこかの御姫様じゃないだろうね」

おようの容姿と態度に、いわくつきの姫を匿《かくま》う役目だと思ったようだ。

伝兵衛が否定すると、おふじは安堵したようだった。

「何処の娘さんだい」

「死んだ恩人に、幸せにしてやってくれと、頼まれたもので」

「まあ、そうだったの」

「女将さん、おようさんは男手に育てられたので、口のきき方も態度も女らしくない。幸せになれるよう、一から鍛えてやってくれませんか」

「そういうことなら、引き受けるよ」

「恩にきます」

「みずくさいこと言わないの。それより、川村様のところへ」

「はい」

伝兵衛は、およように頷いて、川村がいる部屋に向かった。廊下で声をかけると、川村が障子を開けた。

「女将、声をかけるまで、人を近づけぬように」

「かしこまりました」

「伝兵衛、この娘は」

「先生に託されました。詳しいことは、中で」

「うむ」

川村が場を譲ったので、伝兵衛は中に入り、下座に座った。およう は伝兵衛の後ろに座ると、上座に向かう川村を、敵愾心《てきがいしん》をむき出しにした目で見ている。

川村は、およう の刺すような目線を受けながらも、落ち着いた態度で座り、伝兵衛のことを労った。

「影周、長々と御苦労であった。して、首尾は」

「秘薬の作り方は、学びました。しかしながら、ここにはありません」

すると、川村が険しい顔をした。

「何ゆえじゃ」

「何者かに襲われた際に、川に流れてしまいました」

伝兵衛は、おようを助けるために使ったとは言わなかった。元御庭番衆の川村に言えば、不忠とみなされ、およう共々、斬られるからだ。川村は、そういう男だ。

川村が、眼光を鋭くした。

「刺客と申したが、先生は、いかがした」

「斬られました」

川村が目を見張った。

「刺客は、相馬の手の者か」

「はい」

「おのれ、相馬め」

川村は悔しげに、膝を叩いた。

「先生ではなく、娘を助けたと申すか」

「申し訳、ございませぬ」

川村は、大きなため息を吐き、おように目を向けた。

「名はなんと申す」

「おようです」

伝兵衛が答えると、

「お前には訊いておらぬ」

川村が苛立ち、おように訊いた。

「先生の娘か」

「そうじゃ」

おようが愛想なく言うので、川村が伝兵衛を睨んだ。

「まことか」

「先生は、育ての親にござる。両親は、幼い頃に死んでおります」

「秘薬のことは、何処まで知っておる」

「全てではございませぬが、何かと助けになります」

伝兵衛が言うと、川村は頷いた。

「上様は、我らがこうしている間にも、薬を待ちかねておられよう。すぐに作れ」

「それが、残念ながら、すぐには作れませぬ」

「何ゆえじゃ」

「上様にお会いして、材料となる品をお譲りいただかなくてはならぬのです。ほかに代用できるものがございませぬので、しばらくの御猶予《ごゆうよ》を」

「その材料とは、何じゃ」

伝兵衛は、およういても構わず、将軍家に伝わる秘宝のことを教えた。

「龍の眼、とな?」

川村は、思いもよらぬことだったらしく、腕組みをして唸《うな》った。

「龍の眼が手に入れば、秘薬を作れるのか」

「はい」

「上様が持っておられようが、困った。手の者の報せでは、城の警戒が厳しゅうなっておる。容易に入れぬぞ」

「若ならば、入れましょう」

伝兵衛は、家督《かとく》を継いで御庭番となっている川村の倅に頼めぬかと言ったが、川村は、険しい顔をした。

「あやつは、大御所様を恐れて尻尾《しっぽ》を振っておる。頼りにならぬ」

「確か、若は今、お世継ぎ様の側にお仕えしておられるのでしたな」

「そうじゃ」

川村は、それがどうしたという顔をした。

「わしは隠居して家を出ておる。倅とは関係ない」

家重派の川村左衛門は、吉宗によって隠居させられたのだが、その理由は、跡継ぎの修義《ながよし》が、吉宗に目を掛けられていたからだ。それゆえ、川村が家督を譲ると、吉宗は修義を西ノ丸に呼び、家治に仕えさせているのだ。

川村家は安泰であるが、吉宗の顔色を窺う修義が左衛門を遠ざけているため、親子の仲は最悪だった。それゆえ、川村は、息子の名を聞くと、機嫌が悪くなる。

伝兵衛は、友を頼るしかあるまいと思い、秘薬を作るのを、いましばらく待つよう頼んだ。

「なるべく急げ。上様の病がお治りあそばせば、出雲守ごときが出る幕はない。大御所様もきっと、上様に目を向けられる。さすれば、幕府は安泰じゃ」

川村の言いぐさに、伝兵衛は違和感を覚えた。

「何か、よからぬ動きがございますのか」

「大御所様と上様の不仲説を喜ぶものは、少なからずおるということじゃ。急げ、影周、よいな」

川村は、くどいほど念を入れると、隠居所に帰るといい、壽屋をあとにした。

川村が居座った理由を知らぬ女将のおふじも、旅籠の連中も、これまで気を遣っていただけに、ほっとした様子であったが、喜之助は、川村から剣の手ほどきを受けていたらしく、習えなくなるのが寂しいのか、浮かぬ顔をしている。

喜之助は、伝兵衛が帰ったことは嬉しそうだったが、側におようがいたせいか、ちらりと見ただけで、近づかなかった。

それを見た梅吉が、

「ああ、坊ちゃん、おようちゃんが気になるんですかい」

などとからかうものだから、むすっとして、部屋に入ってしまった。

「何ばかなこと言ってるんだよう」おふじが手を叩いた。「そろそろお客さんが来るころだ。みんな、しっかり働いとくれ」

皆を仕事に戻らせると、おようの前に立ち、腰に手を当てた。

「おようちゃんは、どうしようかね」

「伝兵衛と、働くよ」

「伝兵衛さん、でしょ？」

「……伝兵衛、さんと」

「風呂焚きをさせるわけにはいかないよ。かといって、その言葉遣いをどうにかしないと、お客の前には出せないし」

「皿洗いはどうだ」

「いかがですか、でしょ」

おふじに厳しくされて、おようは不思議そうな顔をした。母の面影《おもかげ》を憶えておらず、長年天雲と二人だけで暮らしてきたおようは、華のあるおふじに、憧れのような感情を抱き始めていた。

「皿洗いは、いかがですか」

素直に言いなおすと、おふじが優しい笑みを浮かべた。

「あたしの側にいて、見ていなさい。姐《ねえ》さんたちの言葉遣いや仕草を見て、憶えるのよ」

「はい」

その様子にほっとした伝兵衛は、おふじに頭を下げて、風呂焚きの仕事をしに、裏庭に出た。

二

壽屋を出た川村は、隠居所に帰っていたのだが、あとを追って来た者に気づいて、団子屋の長床几に腰かけた。

出て来た店の小女に茶を頼む川村の後ろに、旅の薬売りが腰かけて、こっちにも茶を頼むと、明るい声で小女に告げた。

川村の背後に座ったのは、伝兵衛を木曾に案内した男だ。

男はあたりに目を配り、川村に言った。

「隠居所に、監視の目がございます」

その時、お待ちどお様と言って、小女が茶を持って来た。

運ばれた茶をすすると、川村は、ふと、笑みを浮かべた。

「伝兵衛の居場所が知れるとまずい。品川には、わしが沙汰《さた》をするまで来るでない。壽屋に走り、おみつに去るよう伝えよ」

「影周殿との繋ぎは、いかがなさいますか」

「わしが命じることは、何もない。あとは、影周に任せる。急げ」

「はは」

配下は頷き、茶の代金を置いて立ち去った。

ゆっくりと茶を飲んだ川村は、袖から出した小銭を置くと、塗り笠を深く被り、品川から足早に立ち去った。

隠居所は、江戸城の西、内藤新宿《ないとうしんじゅく》の先にある柏木《かしわぎ》村に構えていたのだが、畑もあり、年寄りが静かに暮らすには、良い場所だった。

美濃高須藩《みのたかすはん》、松平摂津守《まつだいらせっつのかみ》の下屋敷は、川村の隠居所から目と鼻の先にあるのだが、尾張侯の次男が藩主だけに、他藩の下屋敷で横行している賭博が開かれることもなく、夜ともなれば、藩邸の周りは静かだった。

とっぷりと日が暮れてから隠居所に戻った川村は、一人で家を守っていた老僕を起こし、酒の仕度をさせた。

障子を開け、庭につながる縁側に座ると、外を眺めた。既に酔っていた川村は、老僕が酒を持って来ると、盃を取り、酌を受けた。

「田助《たすけ》」

「へい」

「わしが留守《るす》の間、誰ぞ、訪ねて参ったか」

「いえ」

「倅め、親の顔も見に来ぬとは、薄情な奴よ」

「おや。旦那様は、千代田《ちよだ》のお屋敷におられたのではないのですか」

「小うるさい嫁がおる所へなど、ゆくものか」

「では、どちらにおられたのです」

「わしとて、まだ若い。これの一人や二人、おるのだぞ」

川村はそう言って、小指を立てて見せた。

「ははあ」

老僕が感心し、一本だけ残った歯を見せて笑った。

「隠居の身は、気ままでよいの。こうして、二月放蕩三昧《ほうとうざんまい》しても、誰にも気兼ねがいらぬ。わしはもうよい。寝酒にしろ」

川村はそう言うと、盃を老僕に渡してごろりと横になり、肘枕をした。

老僕は嬉しげに唇を舐めて、手酌をすると、ずずずと音を立てて酒を呑んだ。

「あれ、旦那様、夜露は身体にお悪うございますよ」

老僕が気遣ったが、川村は、目を開けなかった。気持ちよさそうに眠ったように見えるが、生垣の向こうにある気配は、逃さず察知していた。

生垣の外は、小道を挟んで高須藩の長大な土塀が横たわっているのだが、その土塀の中は木々が生い茂り、庭は森となっている。その森の木の上に、身を潜める者がいるのだ。

「藩邸に潜むとは、考えたものじゃ」

川村が寝言のように言うと、老僕が盃を干し、なんのことかと訊いた。

川村は、問いには答えずに半身を起こし、老僕を下がらせると、障子を閉めた。朝までに襲ってくるかもしれぬが、何も気づかぬふりをして臥所に入り、大小を刀掛けに置いたまま、眠りに就いた。

曲者《くせもの》は、襲ってくることはなかった。だが、この日から、影法師のごとく川村に付きまとうことになる。

このことは、川村も覚悟の上で、隠居所に帰っている。たっぷり朝寝をすると、老僕がこしらえた朝餉の膳の前に座り、箸を取った。そして、給仕をする老僕の顔をまじまじと見つめた。

「田助、わしに仕えて、何年になる」

「へい。今年で、ちょうど四十年になります」

「さようか。もう四十年にもなるか。紀州が、恋しいか」

「もう、忘れました」

田助の言葉に、川村は目を細めた。

川村は、吉宗が将軍となると同時に江戸に呼ばれたのだが、田助も一緒に、連れて来ていた。田助は、忍び技が使えるわけでもなく、下僕として仕えていたのだが、川村が、誰よりも心を許している人物だ。

「国へ、帰らぬか」

「旦那様が戻られるなら、お供をします」

「わしは帰らぬ」

「では、わたしも帰りませぬ」

「伜は嫁をもらい、孫が生まれたのであろう。顔を見とうはないのか」

「江戸に下る時に、二度と国には戻らぬと申しておりますので」

「今更じゃが、無理を言うて連れて来て、済まぬことをした」

川村が頭を下げたので、田助が目を見張った。

「もも、もったいねえ」

慌てて頭を下げる田助の前に、川村は、包金を差し出した。

「少ないが、取っておけ」

「旦那様、これはいったい」

「孫に、送ってやるがよい。さあ、遠慮せず、受け取ってくれ」

田助は目に涙を浮かべて、包金を拝むようにして受け取った。

川村は朝餉を済ませると、畑を手伝うと言い、老僕と共に鍬《くわ》を振るった。

隠居所の周りには常に監視の目があるのだが、川村は、翌日も、その次の日も畑に出て鍬を振るい、何処にも出かけず、訪ねて来る者といえば、近所の百姓衆が、畑に植える苗を売りに来るだけである。

　川村の暮らしぶりは、相馬から大岡出雲守に知らされた。毎日畑仕事に精を出しているということが信じられない大岡は、眉をひそめた。

「二月も、何処におったのだ」

「近所の百姓にそれとなく確かめたところ、女のところに居たらしいとのこと」

「里見は、やはり死んだのか」

「城にも現れないところをみると、おそらく。上様に、お変わりはございませぬか」

「上様は、近頃お元気がない」

「手を引きますか」

　言われて、大岡は迷った。油断して、家重に秘薬が渡れば、己の役目は終わる。大御所吉宗の言葉が重くのしかかっていた大岡は、監視を続けるよう命じ、城の守りも緩めなかった。

三

壽屋にいる伝兵衛は、未だ、城に行く気はなかった。

しばらく身を隠して、敵に死んだと思わせて油断させるため、ではなく、毎日のように薬草を集めて、ようやく、薬作りをはじめていたのだ。

鍋の汁に粘り気の出たところで、箸にちょんとつけて舐めた伝兵衛は、味を確かめるうちに箸をぽろりと落とし、喉を押さえた。

「ひ、ひまった」

この光景を初めて見た佐平が動転し、煮えたぎる釜の薬湯をすくって飲ませようとしたものだから、伝兵衛は、きゃっ、と悲鳴をあげて、気を失った。

風呂掃除をしていたおようがそれを見て、しょうがない、というようにため息を吐くと、外に出て伝兵衛を抱き起こし、鼻をつまんで、竹筒の水を口に流し入れた。

途端《とたん》に吹き出した伝兵衛が、咳き込みながら目を開けると、おようは立ち上がった。

「ふまぬ」

済まぬと言ったつもりだが、おようは不機嫌な顔で見下ろすと、風呂掃除に戻った。

伝兵衛は、そのまま仰向けに寝て、手足の痺れが消えるのを待った。

何が起きたのか知らぬ佐平は、伝兵衛の鍋を覗き込み、首を傾げている。

「伝さん、こいつは、なんです」

どろどろの汁を棒に付けて、上げ下げしている。

「そいつは、まだ毒じゃ」

「げえ」

佐平が、棒を投げるように放した。

「何に、使うんです。まさか、誰かを殺《あや》めるんじゃ」

「違う違う。これは薬じゃよ。完成するまでは手足が痺れるだけで、人は死なんのだ」

「するってぇと、痺れ薬ですかい」

「まあ、今はそのようなものじゃ。このこと、誰にも言っちゃいけないよ」

佐平は、ごくりと喉を鳴らして頷いた。女将に呼ばれて、逃げるように立ち去った。

やっとの思いで起き上がった伝兵衛は、苦笑いをした。棒を握り、鍋をかき混ぜているると、掃除を終えたおようが出て来た。

「見られて、大丈夫なのか」

「佐平は、ああ見えて口が堅い。明日の朝までには粉にして、城へ行って来る。皆には、川村様のところへ行ったと、言ってくれ」

「分かった」

伝兵衛は、おように棒を渡し、薬湯を風呂に送った。送りながら、鍋を混ぜるおように、ここでの暮らしはどうかと訊いた。

「辛くはない。女将さんもよくしてくれるし、皆、優しいから」

「そうか。可愛がってもらえて、良かったな」

おようは頷いて、鍋を混ぜ続けた。

山で暮らしてきた娘だ。すぐ人になじめというのが無理な話で、初めて接客を任された日に、態度が悪いと、揉め事になった。

客の男は、西国に戻る途中の藩士であったが、おようを厳しく叱り、女将が謝ろうが、許そうとしなかった。

お手討ちにされるのではないかと、その場に居た者たちは顔を青くしたが、日本橋《にほんばし》の大店で番頭をしている富吉《とみきち》という男が間に入り、藩士の怒りを鎮めた。

富吉は、藩士の袖に小判を数枚、滑り込ませたのだ。

もともと、憂《う》さ晴らしのために、おようの態度に難癖《なんくせ》をつけたのだ。あとで分かったことだが、藩士は、金を受け取ると、仕方がないという態度で引き下がったが、背を返した時には、ほくそ笑んでいたのを、仲居が見ている。

おようは、助けてもらわなくとも斬られはしなかっただろうが、旅籠に迷惑をかけたと心を痛め、自ら望んで、風呂の下働きに来ていたのだ。

伝兵衛には、しおらしく鍋を混ぜるおようの背中が、寂しげに見えた。

天雲と二人きりで、気ままな暮らしをしてきたのだ。多くの人が出入りする旅籠に住むようになって、疲れているのであろう。

「山が、恋しいか」

そう訊くと、おようは首を振った。

「先生に、会いたい」

ぼそりと言い、棒を回す手が止まった。膝を抱えるように座り、肩を震わせている。

そんなおように手を差し伸べたのは、おきくだった。

「ご飯が出来てるよ。悲しい時は、美味しいものを、お腹いっぱい食べてごらんよ」

「今日は、おようちゃんが大好きな、鯛のあら煮があるぜ」

おきくの後ろから、梅吉がひょいと顔を出して言うと、優しい笑みを浮かべた。

子がいない夫婦は、おようを娘のように思っているのか、何かと気をかけている。

「およう、しっかりいただいてきな」

伝兵衛が棒をくれと手を出すと、およう は頷いて渡し、板場に行った。

強い娘だと思っていたが、鍋の中で煮える薬を見て、天雲のことを想い出したのだろう。

伝兵衛も、薬草のことを伝授する天雲のことを想い、なんとしても、薬を作らねばと思った。そして、朝までかかって粉を作り上げた伝兵衛は、夜の薬湯を佐平に任せて、江戸に行った。

半蔵御門が見える場所まで行くと、町屋の軒先に身を潜めて、様子を窺った。門は閉ざされ、静まりかえっている。一見すると、以前に入った時と変わりはないように思えるのだが、伝兵衛は、用心した。木曾の山で襲って来た者が城を守っているなら、厄介だ。

伝兵衛は、忍び込むのをあっさり諦めて、番町へ向かった。

遠藤兼一の屋敷を訪ねたのだが、折悪く留守だった。

諦めて帰ろうとした時、脇門が開き、遠藤が帰って来た。

人の気配に気づいて、

「何やつ」

咄嗟に刀の柄に手をかけたが、すぐに伝兵衛と気づき、瞠目《どうもく》した。

「里見、貴様、ここで何をしておる」

「おぬしに頼みたいことがあって参った」

「そうか。まあ、中に入れ」

遠藤に促されて、座敷に上がった。

囲炉裏の火をおこすと、遠藤が買ってきたというめざしを焼いて、酒を酌み交わした。

茶碗酒を一息に飲み干した遠藤は、ほっと息を吐いた。

「して、頼みとはなんじゃ」

「上様に会わせてくれぬか」

伝兵衛の頼みに、遠藤はため息を吐いた。

「残念だが、今は門の警備に就いておらぬ」

「わしが忍び込んだことを、咎められたのか」

「うむ。おかげでこの屋敷を失うところであった。今は門を離れ、奥祐筆《おくゆうひつ》見習いの身じゃ」

「奥祐筆か、それは都合《つごう》がいい」

「待て、上様への取次ぎなら断る。奥祐筆見習いというのは名ばかりで、上様に会うこともできぬ身じゃ」

「しかし、中奥には行けよう」

「それは、そうじゃが」

「頼む、遠藤。上様にある物をいただかなくては、薬が作れぬのだ」

「そのある物とは、何じゃ」

「将軍家に伝わる秘宝だ」

「なんと申す」

「家康公由来のお宝だ。上様しか、在処を知っておられぬ」

「それは、わしの手には負えぬ」

「この書状を、上様に渡してくれ」

書状を出すと、遠藤は困った顔をしたが、渋々、受け取った。

「頼む。必ず渡してくれよ」

「仕方ない、なんとかして、明日渡す。ただし、読ませてくれたらな」

「よかろう」

伝兵衛が許すと、遠藤はさっそく書状を開いた。目をとおすうちに表情を険しくして、顔を上げた。

「お前、本気か」

「ああ」

「師走《しわす》の忙しい時期に、寛永寺参詣《かんえいじさんけい》は無理だ。上様とて、承諾されはすまい」

「いや、秘薬のためだ。必ず参られる」

「上様の行列の警備は厳重だ。何処で会うつもりじゃ」

「本堂には、一人で入られよう」

「貴様、本堂に忍び込む気か」

「城に入るよりは、容易いことじゃ」

「罰当たりめ」

言われて、伝兵衛が唇に笑みを浮かべると、遠藤も笑みを浮かべた。

「お前がどのようにして上様と会うか、お手並み拝見といこう」

「楽しみにしておれ」

伝兵衛はそう言うと、茶碗酒を飲み干して、屋敷を辞した。

遠藤は、約束通り、翌日に手紙を渡した。

家重の言葉が理解できないが、手紙を読み終わった時の家重の嬉しそうな笑みが、全てを語っていた。

紙に、出雲を呼べと書かれたのを受けて、遠藤は、大岡の詰め部屋に行った。

「出雲守様、上様がお呼びにございます」

そう告げた遠藤を見た時の、大岡の驚きようは、尋常《じんじょう》ではなかった。

「上様の言葉が分かるのか」

「いえ、お部屋の前を通りがかりましたところ、紙に書かれてございます」

「さようか。あい分かった」

大岡は、立ち去る遠藤をじろりと睨み、家重のもとへ急いだ。

「上様、お呼びでございますか」

「入れ」

「はは」

大岡が頭を下げて進み、家重の前に座ると、

「余は、来月の二十日に、寛永寺に参詣する。供をいたせ」

大岡は目を見張った。

「おそれながら――」

「大権現《だいごんげん》様が、夢枕に立たれたのじゃ。大御所様とて止めることは出来ぬぞ、出雲」

こう言われては、返す言葉はない。

「はは。ただちに、仕度をいたしまする」

大岡は、従うしかなかった。

四

師走の二十日。将軍家重の行列は、江戸城を出ると上野《うえの》に向かった。

町の民が通りの端に寄ってひざまずき、地面に額を擦りつけるように頭を下げる中を、行列は、静々と進んでゆく。

行列は、平らな編笠を被り、裃《かみしも》の袴の裾を膝上まで上げた露払いからはじまり、御徒組、小十人組、小納戸役、若年寄、側衆が駕籠を守り、老中酒井雅楽頭忠恭《さかいうたのかみただずみ》が騎乗した馬が、駕籠の前を進んでいる。

寛永寺までの道筋は、先手組が先発して警戒し、市中には、物々しい雰囲気が漂っていた。

御庭番衆は、大岡出雲守の命を受けて寛永寺に入り、寺の下働きをする者までも調べ、里見が潜伏していないか確かめた。

家重の駕籠に付き添って歩む大岡の側には、遠藤もいた。

大岡は、その遠藤に振り向き、念を押すように言った。

「よいか。貴様は、剣の腕を買われての、召出しである。駕籠に近づく曲者は、容赦なく斬りすてい」

「はは」

遠藤は力強く応じ、あたりに視線を配った。この参詣が、伝兵衛が仕向けたことであるとは、誰にも言っていない。

「何処で来る、里見」

心の中で言い、両脇で頭を下げている者たちを見回した。

何ごともなく、無事に寛永寺の境内に入った駕籠は、本堂の下に横付けされた。すると、何処からともなく侍が現れ、大岡に歩み寄ると、耳打ちをした。

寺を警護していた御庭番が、怪しい者はいないと告げたのか、大岡は安堵した顔をして頷き、駕籠の横に片膝をついた。

戸が開けられると、将軍家重が降り立った。住職の出迎えを受けて本堂へ上がり、遠藤は、大岡と共にあとに続き、本堂の中に入ると、下座に控えた。

住職が読経をあげはじめたが、家重はあたりを見回し、落ち着きがない。大岡が近づき、何ごとかと問うと、

「小用じゃ」

言うや、読経が続く中、立ち上がった。

家重は、頻繁《ひんぱん》に尿意をもよおし、小便公方と言って、蔑《さげす》む者もいる。ゆえに、大岡は、いつものことと思い、家重を厠《かわや》に案内させたが、厠に立った家重は、付いて来た大岡に命じて、外を警護する者を遠ざけた。

「落ち着かぬ」というのが理由だったが、本丸では、常に人が側に居る暮らしをしている身である。怪しんだ大岡は、皆を下がらせると、一人だけで、厠の側に潜んだ。

だが、何ごともなく、程なくして家重が出てきた。そして、本堂に戻る間、家重はしきりにあたりを気にしたが、何も起こらなかった。こうして、家重の寛永寺参詣は無事に終わり、行列は帰途に就いたのである。

大岡は、帰りも油断なく警備をさせたのだが、行列が無事に大手門を潜ると、一人

で失笑を浮かべた。

「やはり、奴は死んだか」

誰にも聞こえぬように言うと、晴れやかな顔になり、行列を振り返った。

機嫌が良い大岡とは反対に、家重は、本丸へ入る頃には、不機嫌極まりない様子だった。

本丸の玄関に降り立った家重は、書状を渡した遠藤を睨むようにして、珍しく声を荒らげたので、周囲にいた者が、ぎょっとした。怒っているのは分かるが、何を言っているのか分からないだけに、家重に頭を下げながらも、皆は、大岡の言葉を待っている。

酒井老中が、大岡を促すと、大岡は、遠慮がちに家重の背後に立ち、皆を見回した。

「まずは、皆のもの大儀であったと、上様はおおせじゃ」

皆が頭を下げる中、次に家重が発した言葉に、大岡は躊躇した。

家重が、背を返して中に入ると、大岡は、あとに続こうとした遠藤を止めた。

「そちは、本丸を去れとのことじゃ」

瞠目する遠藤を廊下の端に押しやり、大岡はあたりを気にすると、厳しい目を向けた。

「上様は、何を怒っておられるのだ。そちは、何かしたのか」

「いえ」

「嘘を申すな。上様は、理由なく怒られたりはせぬ」

言い逃れを許さぬ大岡の気迫に押されて、遠藤は、里見の書状のことを教えた。

「里見影周の書状じゃと。奴は、生きておるのか」

「はい」

大岡は、顔を蒼白にして、目を泳がせた。

「上様のお怒りは、里見が現れなかったゆえにございましょう」

「これは由々しきことじゃ。何ゆえわしに黙っておった」

「上様の命にございます」

ええい、と苛立ちを露わにした大岡は、遠藤を下がらせ、家重のもとへ向かった。吉宗に報告する前に、書状に何が書かれていたのか、確かめなければと思ったのだ。

中奥の自室に戻っていた家重は、近習の者を遠ざけて、一人で部屋の上座に座り、目を瞑っていた。わざわざ寛永寺にまで足を運んだが、伝兵衛が現れなかったことを怒り、口の病が治るという夢が打ち砕かれたことで、気を落としていたのだ。

誰とも会う気がしないのか、廊下で大岡が声をかけたが、返事をしなかった。

「ごめん」

声をかけて入ろうとした大岡に、

「下がれ！」

声を荒らげた。

日が暮れて、近習の者が蠟燭に火を灯しに来たが、家重は、それさえも許さなかった。

夕餉もとらず、暗い部屋の中で座る家重は、仏像のように動かなかった。怒りは治まっていても、秘薬のことが諦めきれず、何をする気にもならなかったのだ。

天井裏に、湧《わ》き出るように人の気配がしたのは、日が落ちて半刻ほどが過ぎたころだった。

家重が天井を見上げるのと、黒装束の曲者が下りて来るのが、同時だった。

目の前に下りた曲者に、家重が目を見張ると、曲者は、畳に片手をついて、頭を下げた。

「里見影周、参上つかまつりました」

「遅いではないか。何ゆえ寛永寺に来なかった」

「初めから、こちらでお待ちしておりました」

伝兵衛は、城の警備を薄くさせるために、家重を寛永寺に行かせていたのだ。門を守る先手組や、御庭番衆の主だった者が寛永寺の警備に気を取られている隙に、城に忍び込み、本丸の屋根裏に潜んでいたのである。

そのことを聞いた家重は、門の守りが厳しくなっていたことを、初めて知った。

「父上が、そうさせたのであろう。じゃが、父上の思うようになるのも、今日までじゃ。明日からは、余が表に出て、天下に号令する」

「おそれながら、秘薬は未だ、完成しておりませぬ」

「何、完成しておらぬじゃと」

家重が、目を見張った。

「天雲は、何をしておる」

「刺客に、殺されました」

「殺されたじゃと！」

絶句する家重に、伝兵衛は言った。

「ご安心なされませ。秘薬の調薬は、習得してございます。ですが上様、秘薬を完成させるには、上様から材料をお譲りいただかなくてはなりませぬ」

「申せ、何なりと遣わす」

伝兵衛は、顔を上げた。

「この影周に、龍の眼を、お譲りくださいませ」

「なんじゃ、その龍の眼とやらは」

「神君家康公より将軍家に伝えられた、秘宝にございます」

「知らん。初めて聞くぞ」

「龍の眼は、将軍の手にあると、天雲先生より聞いております」

伝兵衛は、六代将軍家宣が龍の眼を天雲に託したことを教えた。すると、家重は考える顔をしたが、肩を落とした。

「父上は、余を将軍としておきながら、将軍と認めておらぬのだ。ゆえに、そのような秘宝があることも、余に教えておらぬのであろう」

「龍の眼がなければ、秘薬を作ることはできませぬ」

伝兵衛は、およう を助けるために使ったことは、後悔していなかった。龍の眼は、城のどこかにあるはず。そう思ったからだ。

「大御所様が、お持ちなのでしょうか」

「分からぬ。秘薬に使うことを伏せて訊いておくゆえ、後日また参れ」

「それは、叶いませぬ」

「何ゆえじゃ」

「今日のようなことがなければ、門の警備が破れませぬ」

「人を遣わす。何処で暮らしておる」

「そのことは、平に、ご容赦を」

「余を信じぬと申すか」

「天雲先生の住家に、刺客が来ましたので」

「余は、出雲に申しておらぬぞ」家重が、はっとした。「まさか、そちと余の話を、出雲が聞いておったのか」

「それがしの声を、誰ぞに聞かれたかもしれませぬ」

「うむ、それはありえる」

「迂闊《うかつ》でございました」

「木曾まで刺客を行かせるとはのう。父上はやはり、余の病が治ってほしゅうないようじゃ。これで、よう分かった」

　家重が言った時、障子の外に、灯りが止まった。伝兵衛は去ろうとしたが、家重が止めたので、咄嗟に、後ろに隠れた。

「上様、出雲にございます」

「入るでない」

「火急の用なれば、ごめん」

障子を開けた大岡は、手燭の灯りを頼りに暗闇の中に家重の姿を見たのだが、油断なく、部屋を見回した。

「今、人の声がしましたが、誰ぞ、おりますのか」

「おらぬ。用は何じゃ」

大岡は答えずに、部屋の中に入ってきた。

「出雲、下がれ」

「城に忍び込んだ者がござる」

大岡は、家重の後ろにある金屏風《きんびょうぶ》を睨んだ。

「そこにおる者、姿を見せい」

従えていた小姓が警戒する前に、伝兵衛が現れた。

黒装束に身を包み、頭巾を被った伝兵衛に、大岡が鋭い目を向けた。

「貴様が、里見か」

伝兵衛は、答えなかった。

「上様、これはどういうことにございますか」

「話す前に、皆の者を下がらせよ」

家重が言うと、大岡が代弁し、小姓を下がらせた。

「出雲」

「はは」

「西ノ丸に参る。里見、そちも参れ」

「お待ちくださいませ上様。大御所様に会われて、何をなさります」

「子が親に会うて何が悪い。すぐに仕度せい」

「おそれながら、大御所様に無礼ですぞ」

「将軍である余が参ると申しておるのだ、早うせい」

いつになく強気の家重に、大岡は引き下がった。

伝兵衛は、家重と大岡と共に西ノ丸に入り、御殿の庭に控えた。

目通りが叶った家重が書院の間に通されると、西ノ丸の小姓が、伝兵衛の前に現れた。

白い小袖に黒い袴を着け、腰には金の鞘の脇差を帯びている小姓は、伝兵衛に鋭い目を向けると、書院の間の庭に案内した。

六本の燭台に蠟燭が灯された書院の間で、家重と大岡が上座に向かって座り、待っている。上座には、虎の絵の屛風があり、大きな目が、下座に座る者を威嚇《いかく》していた。程なく、小姓を従えた吉宗が現れ、上座に座った。

「家重がわしに会いに来るとは、珍しいのう」

笑みを見せる吉宗に対し、家重が声を発すると、大岡が代弁した。

「大御所様には、ご機嫌麗《うるわ》しゅう――」

「決まりきった挨拶はよい。用件を申せ」

吉宗が断ち切るように言うと、大岡が小さく咳をした。

「上様は、徳川将軍家に代々伝えられる秘宝のことで、大御所様に訊きたいことがあるとおっしゃっております」

「秘宝？　何のことじゃ」

吉宗が問うと、家重が膝を進めて声を発した。

難解な言葉に、吉宗があからさまに眉をひそめ、大岡に顔を向けた。

「上様は、家康公より代々伝わる秘宝、龍の眼を、預かりたいとのことです」

「龍の眼」吉宗は考える顔をした。「はて、そのようなもの、聞いたこともなければ、見たこともない」

「大御所様が御存じないはずはないと、おっしゃっておられます」

大岡が言うと、吉宗が困った顔をした。

「嘘ではない。余は、家継公がお隠れになった後に城へ入った身じゃが、将軍家の宝物は、ことごとく受け継いでおる。そして、その全ては、家重、そちに託したではないか」

家重が、伝兵衛の名を呼んだ。天雲のことを申せと言われて、伝兵衛が濡れ縁の下まで膝を進めると、吉宗が、冷めた目を向けた。

「この者は、誰じゃ」

「里見影周にございます」

大岡が言うと、吉宗は廊下に立ち、顔を見せよと言った。

言われるまま、伝兵衛が頭巾を取って顔を上げると、

「なかなかに、良い面構えじゃ。しかし、歳をとっておるのう」

屈託のない笑みで言うと、縁側に座った。

さすがに、名君と謳《うた》われた者だけに、吉宗は、風格があり、堂々としている。伝兵衛は、長年御庭番の配下として役目をこなしてきたが、吉宗を間近に見るのは、今日が初めてだった。

「里見とやら、言いたいことがあるなら申せ」

「はは」伝兵衛は、頭を下げた。「龍の眼は、元御典医、甲斐天雲先生から教えられた秘宝。これを使い、薬を作ることが叶いましたら、上様の病を治せまする」

「夢のような話じゃ。家重が幕閣の前で堂々と言葉をしゃべり、天下に号令することができるようになれば、余も楽隠居できよう。じゃが、龍の眼などというもの、余はまことに知らんのじゃ」

「天雲先生は、確かに、将軍家に引き継がれているはずだと、おっしゃいました」

「では、その天雲を連れて参れ。どのような物なのか、余が直接話を聞こうではないか」

　伝兵衛は、白州の砂を握りしめた。

「残念ながら、天雲先生はこの世におりませぬ。何者かに、暗殺されました」

「ほう、それは物騒なことじゃ」

「しかし、御安心くださりませ。この里見影周が、秘薬の作り方を伝授されております。あとは、龍の眼をお渡しいただければ、上様の病を治してごらんにいれます」

「残念じゃ」吉宗は立ち上がり、伝兵衛を見下ろした。「龍の眼という物は、受け継いでおらぬ。そちが申すとおり龍の眼が薬の材料になるのなら、おそらく、家継公の重い病を治すために、全て使われたのかもしれぬ」

そう言うと、背を返し、家重の前に立った。

「家重」

「はは」

「言葉のことは気にせずとも、出雲がおるではないか。怪しげな薬を飲んで命にかかわるといかん。龍の眼のことは忘れよ。よいな」

家重は食い下がろうとしたが、吉宗が背を返して上座に戻った。

「出雲」

「はは」

「家重が怪しげな薬に執着するは、そちが言葉を正確に伝えぬからじゃ。家重が満足するよう、いっそう励め」

「ははあ」

出雲が大仰に頭を下げると、家重は不機嫌に立ち上がり、伝兵衛の前に来た。

伝兵衛が顔を上げると、家重は寂しげな目で見下ろした。

「御苦労であった。余が、門まで送ろう。ついて参れ」

「上様、何をおおせでございます。そのような下僕のために――」

「良い」

家重は大岡の口を制すと、吉宗に頭を下げて、伝兵衛を連れて西ノ丸御殿を出た。

書院の間にいる吉宗は、二人が去って程なく、大岡を手招きして近くに寄らせると薄笑いを浮かべた。

「まさか、龍の眼が秘薬の材料になろうとは、思いもせぬことであった」

大岡は、知っているような口調で言われて、目を見開いた。

「あるのですか」

「うむ。月光院《げっこういん》様から、家康公伝来の秘宝じゃと聞いていたが、明国《みんこく》から、友好の証として豊臣《とよとみ》家に贈られた、龍の眼玉だと聞いている」

「それが、何ゆえ徳川に」

「大坂《おおさか》を攻めたのは、龍の眼を手に入れるためだったのやも、しれぬな」

「なんと！」

吉宗は、驚く大岡を見て、ざれごとだと、鼻で笑った。

「家康公がどうやって手に入れたかは、今となっては分からぬことじゃ。龍の眼が家宝とされたのは、漢方薬の優れた材料ゆえであろう。三代家光公が幼少の折に大病を患《わずら》った時、家康公が自ら調薬された秘薬で治されたという話があるが、おそらく、龍の眼が使われたのじゃ」

「ならば、里見に渡れば、秘薬が出来てしまいます。なんとしても、龍の眼を守りませぬと」

「案ずるな。龍の眼には、誰も近寄れぬわ」

「何処に、あるのですか」

「櫓《やぐら》じゃ」

御殿の西側にある山里と言われる森の中に聳《そび》える、三層五階の櫓のことだ。小国の天守閣に匹敵するこの櫓は、吉宗が隠居する前に建てさせたもので、吉宗以外の者が入れぬようになっている。

中には、家重も知らぬお宝の数々が納められているのだが、それらは全て、家治のために取っているもので、龍の眼も、そのうちの一つであった。

「櫓は、余の精鋭たちが守っておる。里見がいかなる手練《てだ》れかは知らぬが、龍の眼には、たどり着くことはできぬ」

吉宗はそう言うと、廊下に立った。闇から染み出るように現れた相馬玄内が、吉宗の前で片膝をついて頭を下げた。

「まんまと、里見に裏をかかれたのう」

「申し訳ございませぬ」

「しかし、龍の眼が秘薬の材料とは、驚いた」

大岡が膝行して吉宗の背後に行き、おそるおそる訊いた。

「龍の眼とは、どのような物なのでございますか」

「余の拳ほどの、赤い玉じゃ。欠けたるべうす（ルビー）と思うておったが、まことに龍の眼であったとは、驚きじゃ。家重に渡さず、余の手の内に置いていて良かった。家重のやつも、寿命が延びた。のう、出雲」

自分もだと言われたような気がして、大岡は、吉宗に平伏しながら、安堵の息を吐いた。

伝兵衛が秘薬を持っていなかったことに、ほっと胸を撫で下ろしたのだ。

大岡が顔を上げた時、庭にいた相馬は立ち去っていた。吉宗の命を受けて、何処かへ向かったのだ。

五

その頃、伝兵衛は、小姓も従えていない家重と共に、城中を歩いていた。西ノ丸大手門まで送ると言った家重は、高い石垣に囲まれた道を歩みながら、幼い頃のことを懐かしんだ。

「そちとは、御殿の庭でよう遊んだものじゃ」

「懐かしゅうございます」

「影周」

「はい」

「父上の申すこと、まことと思うか」

「それがしには、分かりかねます」

「父上がおっしゃったことは嘘じゃと思う。大権現様から伝わる徳川の秘宝を、父上が知らぬはずはない。月光院様にお尋《たず》ねすれば、何か分かるやもしれぬが、月光院様は、まともにしゃべれぬ余を毛嫌いされておられるゆえ、お尋ねしても、教えてはくださるまいの」

伝兵衛は、何も言わなかった。

月光院は、吉宗と懇意《こんい》にしており、逆らうようなことはしないはずだ。

「余は、余を馬鹿にした者どもを、見返してやりたい。まともにしゃべれぬ余を、家治に跡を継がせるための飾り物にした父上を、見返してやりたい」

伝兵衛は、家重の心の叫びを初めて聞いて、胸が熱くなった。

家重は、言葉がしゃべれないことを理由に、幼い頃から家臣たちに疎《うと》まれ、陰口をたたかれてきた。

聡明な弟の宗武と比べられ、幕閣の中には、宗武を世継ぎに望む声があがり、その声は、家重にも届いていた。

だが家重は、己の身体を憎んでも人を憎まず、決して、陰口をたたいた者を咎めることはなかった。

吉宗から将軍を命じられた時は、己の時代が来たと喜び、隠していた才覚を存分に発揮しようとしたが、ことごとく潰され、挙句《あげく》の果てに、家治に跡を継がせるための将軍だとの噂が、耳に入った。

それでも家重は、事を荒立てず、耐えていたのだ。

そんな家重が、内に秘めた気持ちを爆発させたのは、まともにしゃべれるようになるという望みを与えた、秘薬の存在だ。

完成しながらも、城に届けられなかったが、そのことを知らぬ家重は、望みを捨てていない。

急に家重が立ち止まり、あたりを見回した。西ノ丸大手門に下る坂には誰もおらず、潜んでいる気配もない。

「影周」

呼ばれて、伝兵衛が近寄ると、家重は声を潜めた。

「龍の眼があるとすれば、おそらく、父上の側じゃ。新しく山里に建てた櫓には、余の知らぬ宝物が眠っていると聞く。そちは、あの櫓のことを何も知らぬのか」

伝兵衛が西ノ丸にいた頃から建築がはじまった櫓だが、厳しい監視下に置かれていたため、近寄ることは出来なかった。

「何も、存じませぬ」

「川村は、櫓に何があるか知っておろうか」

「川村様は、龍の眼は上様がお持ちだと言われておりました」

「さようか。では、櫓のことは誰ぞに調べさせる。分かり次第報せるゆえ、住家を教えよ」

すがるように言われて、伝兵衛は、言わざるをえなかった。

「品川の、壽屋という旅籠におります」

「龍の眼は探し出すゆえ、その時は、よろしく頼むぞ。必ず秘薬を作り、余に飲ませてくれ」

「はは」

伝兵衛は、家重に送られて、大手門へ下った。将軍の突然のお出ましに、門を守る者たちは慌てふためき、伝兵衛が将軍を攫《さら》ったと勘違いする者がいて、騒動となった。

家重の言葉を理解できる者もおらず、伝兵衛が代弁したところで信じてもらえるはずもなく、困った家重は、やむなく脇差を抜き、大声をあげて振るうと、門番たちに下がれと言った。

その様子から、将軍が捕らえられているのではないと分かるや、門番たちは慌てて道を開け、平伏した。

その中の一人を立たせた家重は、

「この者を郭《くるわ》の外に出してやれ」

伝兵衛に通弁させて命じた。

西ノ丸から出ることが出来た伝兵衛は、家重に見送られて、外桜田《そとさくらだ》御門《ごもん》へ向かった。

同行した門番が、外桜田御門を守る者に上様の命だと伝えて、伝兵衛は、無事に郭の外へ出ることが出来た。

夜道を駆けて、品川へ向かっていた伝兵衛は、迂闊にも、尾行者がいることに、まったく気がつかなかった。油断していたわけではない。相手が、上手だったのだ。

伝兵衛が町中の道を走れば、尾行者は屋根を走り、家と家の間を身軽に跳んで移り、つかず離れず付いて来る。

伝兵衛が人気の絶えた田舎道を走れば、尾行者は距離を開けて、山犬が匂いを頼りに獲物を追うように、あとを追って来る。

そして、品川に入った伝兵衛が壽屋の裏から入るのを見届けると、闇の中で嬉々として目を見開き、江戸に向けて去った。

そのことを知る由もない伝兵衛は、離れ屋の自室に入ると、黒装束を脱ぎ捨て、万年床に滑り込んだ。

滑り込むや、わっと悲鳴をあげて起き、部屋の角に跳びすさった。寝床の中で、人肌に触れたのだ。

伝兵衛は腰に手をやったが、仕込み刀は黒装束の上に置いていた。

何者かと息を殺していると、背伸びをするような、女の呻き声がした。

「こんな遅くまで、何処へ行っていた」

その声に、伝兵衛は安堵の息を吐いた。

　おようが床から出て、行灯に火を点けようとしたので、伝兵衛は慌てて小袖を着た。

「おまえさん、なんでわしの布団で寝ておるんじゃ」

「お七《しち》さんのいびきがうるさくて、眠れない」

　あくびをしたおようが、布団に寝転んだ。

　普段は女中部屋で四人が布団を並べて寝ているのだが、お七のいびきに耐えかねて、逃げて来たのだ。

「そいつは、災難だったな。でもな、ここは狭いし、布団も一つだ。みんなと一緒にいないと、いけねぇよ」

　伝兵衛が言ったが、返事はなかった。寝転んで、気持ちよさそうに伸びをしたおようは、胸元がはだけたのも気にせず、そのまま眠っていたのだ。

「まいったね、こりゃ」

　伝兵衛は、指の爪でぽりぽりと鼻の頭をかくと、おように布団を掛けてやり、灯りを消すと、板の間に寝転んだ。

　夜明けと共に目を覚ました伝兵衛は、眠っているおように朝だと声をかけて、風呂焚きに向かった。

佐平が前日に割っていた薪に火を点けて、大釜に井戸の水を入れると、薬草の入った袋を浸した。湯が沸き、あたりに薬湯の匂いが漂いはじめた頃に、やっと目を覚ましたおようが飛び出て来た。

「なんで起こさないんだ」

伝兵衛に文句を言うや、大慌てで仕事に向かった。

「起こしましたよ」

独《ひと》り言のように言うと、伝兵衛は、ふっと笑った。おようの顔つきが、品川に来た頃よりは随分柔らかくなっていたからだ。

普通の娘としての幸せを願いながら死んでいった天雲を想い、伝兵衛は、空を見上げた。

「今日も、晴れそうだ」

そう言って立ち上がると、大釜の蓋を開け、湯船に薬湯を流し入れた。

寒空に湯気が立ち上ると、それを待っていたかのように裏の木戸が開けられ、旅籠で仕事を終えた遊女たちがやって来た。

海乃屋のおたつが、伝兵衛に流し目を向けると、腰をくねらせて歩み、手拭いをひらひらとさせながら近づいてきた。

「伝さん、あとでお願いね」

「昨夜も上客だったのかい」

「ええ。お尻がこっちゃって、たまらないのよ」

「ははん。あれだな、日本橋の、たこ旦那かい」

吸い付いて離れないというので、おたつが付けた名だ。頃合が良い時に風呂場に入った伝兵衛が、おたつの身体を揉んでやると、尻には無数の赤い痣が浮いていた。

おたつを独り占めにしたい若旦那が、必ず付けて帰るのだという。

痣を見た遊女たちが、商売にならないと言って、おたつを哀れんだ。稼いで親の借金を返さなければ、いつまでも足を洗えないからだ。

「伝さん、いつもの薬、お願い」

おたつがうつ伏せになったので、伝兵衛は横に座り、懐から塗り薬を入れた蛤を出して蓋を開けた。

指先に付けた薬をちょんちょんと尻の痣に塗ってやり、あとは自分で擦り込めと言って立ち上がろうとしたが、おたつが腕を摑み、塗ってくれとせがんだ。

「しょうがねぇなぁ」

伝兵衛は仕方なく、尻に薬を塗ってやると、おたつがくすぐったいと言って、足をばたつかせた。

「惚《ほ》れてるなら、身請けしてくれってんだよなぁ」

「やだやだ、あんなねちっこいのは、ごめんだよう。大金を落としてくれるから、優しくしてやっているのさ」

「そうかい」

「ついでに、腰も揉んでおくれよ」

「あいよ」

「ああ、気持ちいい」

おたつがうっとりとした声を出した時、伝兵衛がふと、殺気のような感覚に襲われて戸口を見ると、おようが恐ろしげな顔で見ていた。

おようは、伝兵衛が遊女たちの身体に触れるのを初めて見たのだ。

「およう、どうした」

「このすけべじじい！」

おようが言って、荒々しく戸を閉めたので、遊女たちは顔を見合わせて、大笑いをした。

「伝さんも、隅に置けないねぇ」

年増のお竹《たけ》がからかう様に言い、胸を揉んで見せた。

遊女たちを娘と思っている伝兵衛の股は静まりかえり、ため息しか出ぬ。

「馬鹿、恩人から預かった大事な娘じゃ。つまらぬことを言ってからかうな。ほれお竹、そのように乳を摑むと、垂れるぞ」

「まあ、伝さんたら」

お竹が胸を持ち上げた。

伝兵衛はおたつの尻をぺんと叩き、明日には痣が消えると言って、風呂場から出た。

すると、大釜の前にいたおようが、睨むような目を向けて、顎を振って裏木戸を示した。

「客だよ」

「客？　誰だ」

「自分で見なよ」

おようは冷たく言い、板場に入って行った。

客は、三十がらみの女だった。

見たことのない顔だが、どこぞの旅籠で働いて来たのか、浴衣の上に綿入りの赤い半纏《はんてん》を着て、乱れた鬢《びん》から髪の毛が垂れている。その姿は、しっとり色っぽい。

「伝兵衛さん、ですか」

「ああ、そうだが」

「良い風呂があると聞いて来たのですが。こちらでよろしいでしょうか」

「薬湯だ。姐さんたちもいるから、遠慮せず入りな」

案内してやると、女は風呂の裏口で浴衣を脱いで、風呂場に入った。その途端に、これまでしていた女たちの声が止まった。女の美しい裸体に、お竹たちが息を呑んでいたのだ。

それは一瞬のことで、何処の旅籠で働いているとか、遊女なのかという質問がはじまり、すぐに、世間話に発展した。

同じ境遇で身を落とすことになった女たちは、伝兵衛の薬湯を楽しみに来るのは、唯一くつろげる、社交の場でもあるからだ。

客の悪口を言ったり、恋の話に花を咲かせて、数少ない喜びを楽しむのだ。

程なくして、おたつやお竹たち先客は風呂から上がり、帰って行った。

伝兵衛は、一人残って湯につかる女に声をかけて、湯加減を訊いた。

大丈夫だと言った女が、おたつ姐さんから聞いたのですが、と言い、身体をほぐしてくれるのかと、遠慮がちに訊いてきた。

伝兵衛は、初めて見る客の身体を触ったことがなかったので、

「一見さんは、お断りでね」

などと、冗談《じょうだん》で誤魔化《ごまか》した。

「あら、おたつ姐さんの紹介ですよ」

こう返されては、断れぬ。

伝兵衛は、それじゃぁと言って、裏口から入った。

女は、手ぬぐいで胸を隠して立ち上がると、風呂の框に、こちらに背を向けて腰かけた。

「肩でいいかい」

「はい」

伝兵衛が、女の細い肩を揉んでやると、女は心地よさそうに息を吐き、髪を束ねていた簪《かんざし》を抜いて、頭を振った。

長い髪が伝兵衛の両腕に垂れ下がった、その刹那、伝兵衛の右手に、激痛が走った。

簪で刺された伝兵衛は、咄嗟に手を引き、跳びすさった。

「何やつ！」

声をあげると、女は立ち上がり、鋭い目を向けた。

「今度は、逃がさないよ」

言われて、伝兵衛はようやく気づいた。木曾の山中で襲って来た女だったのだ。

簪で刺された傷口から、血が滲んだ。細い針だが、痛みは尋常ではない。

「毒針か」

伝兵衛は、血を吸った。

「無駄だよ。もう身体に回っているはずだ」

女が言うように、伝兵衛の身体は痺れはじめていた。立ち上がろうとしてよろけると、女が勝ち誇ったような笑みを浮かべた。

「御庭番の配下では随一だったと聞いたが、がっかりだね」

「年寄りを、いたわらぬか」

「ふん。とぼけたことを言ってられるのも、今のうちだよ」

女は湯から出ると、伝兵衛に近づいた。とどめを刺すつもりらしく、簪を握りしめている。

「あたしの美しい身体がこの世の見納めだ。喜びな。すぐに小娘も送ってやるから、待っていなよ」

女は伝兵衛の頭を摑み、喉に簪を突き立てようと振り上げ、力を込めて振り下ろした。

銀の針が伝兵衛の喉を貫いたかに見えたが、呻き声をあげたのは、女の方だった。簪を握る腕を摑まれた女は、骨が砕けそうな痛みに呻いたのだ。

「ばかな、そんなはずは」

「あんまり年寄りを怒らせちゃいけねぇな」

伝兵衛は、薄れゆく意識の中、おようを守りたい一心で、渾身の力を振り絞っていた。

女は、伝兵衛の顔を殴ると、簪を持ち替えて胸を刺そうとした。伝兵衛はその手も摑み、両腕の動きを封じた。骨を砕かんばかりに握りしめると、女の手から、簪が落ちた。

伝兵衛が女を突き離し、簪を拾うと、床に突き立てて針を折った。

朦朧《もうろう》としながらも、立ち上がった伝兵衛の正面から、女が跳びついてきた。股ぐらに顔をうずめられ、蛇《へび》のように首を締めつけられても、伝兵衛は倒れなかった。

女は首の骨を折ろうと力を入れてきたが、伝兵衛は、女の腹を摑むと、湯船に突っ込んだ。

湯の中で女を押さえ、息が出来ぬようにしたが、脚の力は緩まなかった。さすがの伝兵衛も、意識が遠のいてきた。もう駄目かと思ったその時、女の力が、ふっと抜けた。大事な風呂で死なせてはならぬという思いが脳裏《のうり》をかすめて一閃し、伝兵衛は女を引き上げた。

荒々しく床に落とすと、女は息を吹き返し、酷く咳き込んだ。

伝兵衛は手早く帯を外して、女を縛り上げた。

「殺せ」

「あいにくじゃが、わしはおなごを殺さぬ」

女が舌を嚙み切ったのは、その時だった。

「しまった」

伝兵衛が口をこじ開けたが、女は気絶した。

「誰か！　誰か！」

伝兵衛の声を聞いて集まった旅籠の皆が、女が自害したと思い、急いで医者を呼びに走った。

女が風呂場から運び出されるのを見届けた伝兵衛は、その場にへたり込んだ。

「どうした伝さん！　伝さん！」

梅吉の声が聞こえたが、伝兵衛は毒が回り、意識を失った。

伝兵衛が目を覚ましたのは、それから三日後だ。

普通の者なら死んでいるだろうが、おようの手当てのお陰で、命を取りとめていた。

おようは、天雲から解毒薬の作り方を教わっていたらしく、梅吉に言わせると、三日三晩、寝ずの看病をしてくれていた。

「済まぬ、およう」

伝兵衛が礼を言うと、おようは安堵した顔で首を振った。

「あの女、死んだよ」

女は、女将の計らいで奥の部屋に寝かされたのだが、医者の手当ての甲斐なく、その日の夕方に死んだという。

「自害したことになっているけど、あたしたちを襲った女だな」

おようは、伝兵衛の手の傷を見て、自分に刺さった毒針と同じだと察していた。

伝兵衛は頷き、半身を起こした。

「ここにはおれぬな。皆に、迷惑がかかる」

「うん」

寂しそうな顔をするおようの頭を、伝兵衛はそっと撫でた。

「おようは、ここにいろ」

「伝兵衛は、何処に行くんだ」

「わしの家じゃ。あそこなら、誰にも迷惑がかからんからの」

「だったら、あたしも行くよ」

おようが言った時、襖を開けて、女将のおふじが入ってきた。

「二人とも、何処にも行かせやしないよ」

「女将さん、それはいけません。わしは命を狙われている。今日まで黙っていて、済みませんでした」

「そんなの、知ってたよ」

「え？」

伝兵衛がぎょっとすると、おふじが笑った。

「川村様と何年お付き合いしていると思ってるのさ。伝さんがいなくなって、入れ替わりに川村様が長逗留された時から、ただ事じゃないと、皆で話していたんだよ。伝さんが帰った日から、うちが一見さんを断っているの、気づかなかったのかい」

「まったく」

「それなのに伝さんたら、自分で入れるんだもの」

言われて、伝兵衛とおようは、身を丸めた。

「何が起きているのか知らないけど、川村様から二人のことを頼まれているならね、出すわけにはいかないから。遠慮しないで、いてちょうだい。ただし、ちゃんと働くのよ。分かったわね、二人とも、いいわね」

念を押すように言うと、おふじは返事も聞かずに、仕事に戻った。

伝兵衛は、安堵した顔のおようを見て、頷いた。

だが、またいつ、刺客が来るとも分からぬため、油断は出来ぬ。伝兵衛は、壽屋の皆とおようを守るために、決着をつけねばと心に決めた。

「早急に龍の眼を手に入れて秘薬を作り、家重様の病を治してことを終わらせる」

「まだ動くのは無理だ」

おようの言うとおりだった。大丈夫だと言って立ち上がろうとした伝兵衛は、目まいに襲われて、倒れた。

毒は伝兵衛の身体を痛めつけており、指先もまだ痺れ、時々、腹の中を針で刺されたような痛みが襲ってくる。

伝兵衛は、目を覚ました日から十日あまりも苦しみ、十一日目にしてようやく、歩けるようになったのである。

その間、刺客が来なかったのは、おふじの機転のおかげだった。川村に使いを出し、警護の者を送ってもらったのだ。

敵はそれを知ったとみえて、町中で騒動を大きくするのを嫌ったか、襲ってくる気配はなかった。

このことを耳にした吉宗が、龍の眼がこの世に存在していることを教えたようなものだと、相馬に激怒した。

伝兵衛は、そのことを知る由もないが、激痛に耐えながら寝ていた時に、山里の櫓に忍び込む方法を考えていた。自分の命が狙われたことで、伝兵衛は、龍の眼の存在を確信していたのだ。

第四話　隠れ御庭番

一

川村左衛門の隠居所に物売りが現れたのは、小雪が舞う日だった。

「焙烙《ほうろく》屋でござーい」

商品を天秤棒に担ぎ、何度も呼びかけながら通りを歩む焙烙屋を、裏木戸から顔を覗かせた下男の田助が呼び止めた。

「火消壺一つと、盃を四枚もらおうか」

「へい、毎度あり」

焙烙屋の男は愛想よく応じ、

「火消壺一つと、盃四枚でござんすね」

注文を確かめて、品物を渡した。

「百二十文でござんす」

「随分安いな。すぐ割れるんじゃないだろうな」

「そんなことはござんせんよ。長持ちするってんで、商売あがったりなんで」

「ほんとかね。まあいいや」

田助は銭を渡して商品を受け取ると、寒さに身を丸めて中に入った。

炮烙屋は、またの利用を、と声をかけると、

「炮烙屋でござーい」

呼びかけながら、来た道を引き返した。

隠居所を見張る目は相変わらずあるのだが、その者たちは、川村に文が届いたことに、まったく気づいていない。

田助から火消壺を渡された川村は、蓋を開けて、中から文を出すと、押し頂くようにして開いた。届いたのは、将軍家重からの文である。

大奥に忍ばせている川村の配下に託された家重の文は、他者の目に触れることなく城の外に運ばれ、隠居所に届けられたのだ。

文には、西ノ丸山里にある櫓に忍び込み、龍の眼を探し出して奪えと、書かれていた。

文を読み終え、火鉢の炭で燃やした川村は、険しい顔をした。

腕組みをしてしばらく考えていたが、意を決して、田助を呼んだ。田助はすぐに現れ、廊下に座った。

「田助。酒を求めて参れ。ついでにな、町駕籠に声をかけて、明日の昼に迎えに来るよう、頼んでくれ」

「かしこまりました」

川村が酒代を渡すと、田助は出かけて行った。

翌日は雪も止み、薄雲の隙間に、青空が見えた。

約束通り、昼前にやって来た駕籠を田助が門の中に招き入れると、家の玄関前に横付けさせた。

仕度を終えた客を乗せた駕籠かきは、表の通りへ出ると、景気のいい掛け声を発して、江戸へ向かった。駕籠の側には、粗末な着物を着て裾を端折った下男が、小走りで付いて行く。

その姿を木の上から見下ろした見張りの者が、藩邸の土塀に下り、瓦の上を走って道に跳び下りた。

頬被《ほおかむ》りをして、農夫のような形《なり》をした尾行者は、駕籠が内藤新宿に入る頃には、二人に増えていた。

宿場は行き交う人が多く、駕籠の間には、邪魔者が入ってくる。それでも、尾行者は目を離すことなく、駕籠を追った。

付き添いの下男が、駕籠に向かって頭を下げると、米屋に入って行った。

一人が表に立ち止まり、暖簾の隙間から中の様子を窺うと、下男は米を求めている様子だった。

尾行者は、下僕を捨ておき、駕籠を追った。

街道の大木戸を入った駕籠は、まっすぐ江戸城に向かい、半蔵御門の前を左に折れると、番町へ行き、川村家の門前で止まった。

駕籠から降りる姿を物陰から見守っていた尾行者の一人が、目を見開いた。

「しまった。あれは川村ではない。下僕のじじいだ」

「なに！」

言われて、もう一人も唸った。

駕籠から降り立ち、腰を押さえて門を見上げる者は、川村の紋付袴を着けているが、近くで見ると、鬢《びん》も薄くなった、老爺だったからだ。

「謀《はか》られた。米屋に入った方が川村だ」

急いで帰ろうとした男を、無駄だと言い、もう一人が止めた。

「迂闊《うかつ》だった。あの焙烙屋が、何か繫ぎを取ったに違いない。お頭に報せに行くぞ」

まんまとしてやられた見張りの者は、川村家から立ち去り、江戸城に入った。

その頃、尾行者がいないことを確かめた川村は、麴町の長屋に入り、角部屋の戸を叩いた。

「わしじゃ」

声をかけると、すぐに戸が開けられた。出迎えるのを制して中に滑り込んだ川村は、揃って頭を下げる夫婦に頷き、女房に米一斗を渡した。

迎え入れたのは、川村の元配下だ。

この者も、川村が倅の修養に家督を譲ると同時に、伝兵衛と同じようにお役御免としていた。

三十五歳にして妻を娶《めと》り、こうして長屋で細々と暮らしているのだが、川村は、時々顔を出しては、金子《きんす》や米を渡して、面倒を見ていたのだ。

「十蔵《じゅうぞう》。お前の剣の腕が必要じゃ。手を貸してくれ」

十蔵は、即答しなかった。

「どうぞ、お上がりください」

促されて、川村は草履を脱いだ。妻が台所に向かうと、川村は十蔵に告げた。

「今宵子《ね》の刻（午前零時）、西ノ丸の山里櫓に忍び込む」

山里櫓と聞き、十蔵が目を見開いた。

「どうした」

「いえ。西ノ丸に入ると聞き、驚きました。何をなさるおつもりですか」

「将軍家のお宝を頂戴する。これは、上様の命じゃ。手を貸してくれるな、十蔵」

「わたしで、お役に立てましょうか。影周殿のほうがよろしいのでは」

「影周は、毒にやられて臥せておる」

「襲われたのですか」

「相馬という者が放った刺客にやられた。大御所様の御庭番ゆえ、侮《あなど》れぬ。こころしてかからねば、命を落とすことになろう。それでも、ついて来てくれるか」

「わかりました」

「では、預けてある物を頼む」

「はは」

十蔵は畳を上げて、油紙に包んだ大小を取り出した。このような時のために、預けていたのだ。

太刀を鞘から出して刀身を確かめた川村は、鞘に納めて、右側に置いた。

「刻限まで、ここで休ませてもらうぞ」

「では、時がありますので酒を買って参ります」

「よい」

「すぐそこですので、お待ちください」

止めるのも聞かずに、十蔵は飛び出して行った。

「あやつめ、自分が呑みたいのであろう」

川村が呆れたように言うと、妻が頭を下げた。危ない仕事に誘ったせいか、浮かぬ顔をしている。川村は、懐から包金を出し、妻に差し出した。

「十蔵の手が必要なのだ。許せ」

「いえ。これは、受け取れませぬ」

「いいから、納めなさい」

川村が言うと、妻は包金を受け取った。

十蔵が帰ったのは、半刻も過ぎたころだった。

酒屋が閉まっていたので、足を延ばしたという十蔵は、熱燗にするよう言い、妻に徳利を渡した。

こんにゃくと大根の金平《きんぴら》を肴《さかな》に酒を酌み交わし、横になろうとした時、十蔵が訊いた。

「旦那様」

「うむ」

「旦那様に、お詫びしなくてはなりませぬ」

十蔵が急に態度を改めて頭を下げたので、川村は膝を立てた。

「なんの真似じゃ、十蔵」

「申し訳ございませぬ！」

十蔵が謝ると同時に、外に人が集まる気配があった。裏手にも気配があり、部屋が囲まれている。

「おのれ！　わしを裏切ったのか」

脇差の柄に手をかけるのと、表の戸が開け放たれるのが、同時だった。

「父上！　斬ってはなりませぬ！」

「修義、貴様」

川村が目を見張ると、修義が中に入り、土間に片膝をついて頭を下げた。

「父上、川村家のために、思い留まっていただきとうござる」

「ならん。これは上様の命じゃ」

「たとえ上様の命であっても、父上がされようとしていることは、盗人と同じにござる」

「黙れ！　上様の病を治すためじゃ。そこをどけ」

「どきませぬ」

「ならば斬る」

川村が太刀を取ろうとしたが、十蔵がしがみついた。

「なりませせぬ、旦那様」

「ええい、放せ」

「山里の櫓は、大御所様の手の者が守っております。死にに行くようなものですぞ、父上」

「上様のためじゃ！　命は惜しまぬ」

「いたしかたござらぬ。手荒な真似をいたしますぞ」

修義が立ち上がり、配下の者に捕縛を命じた。

「ごめん！」

配下の者は、かつての主に気兼ねしながらも、御家のために、川村に縄をかけた。

その配下の者たちが、目に涙を浮かべているのを見て、川村は、抵抗を止めた。

「わしを頼ってくださった上様に、申しわけが立たぬ」

そう言って悔しがる川村の前に、修義が立った。

「これは、上様のためでもあるのです。分かって下さい、父上」

「どういうことじゃ」

修義は答えず、川村に背を向けた。

「今日から、屋敷で暮らしていただきます。来年には、孫が生まれますぞ」

連れて行けと配下に命じて、縄を打たれた父の背中を見送った。そして、十蔵夫婦に顔を向けると、頷いた。

修義は、川村家を守ろうとした十蔵に礼を言い、

「そちたちも、共に屋敷へ参れ」

帰参を許した。

「影周殿は、いかがなさいますか」

十蔵が訊くと、帰りかけた足を止めた修義が、恐ろしい顔で振り向いた。

「影周は、愚かにも大御所様に睨まれるようなことをしおった。ゆえに、今の川村家にはいらぬ。再び路頭に迷いたくなければ、余計な真似をするでないぞ、十蔵」

「ははあ」

帰参を許された十蔵は、修義の命に従った。

二

江戸で起きたことを知らぬ伝兵衛が、床から這い出て風呂焚きをしていると、おようが駆け寄り、手から薪を奪い取った。

「そんな身体で風呂焚きして、死にたいのか」

「寝ている方が、死んでしまうわい」

伝兵衛は笑みを浮かべ、

「おようのおかげだ。ありがとうよ」

頭を下げると、おようは疑う目を向けた。

「立ってみろ」

「心配いらん。大丈夫じゃ」

「いいから、立ってみろ」

言われて、伝兵衛は立ち上がった。目がまわるが、必死に耐えていると、

「そんなに目を見開いて。我慢しているのがばればれなんだよ」

およように見破られた刹那、伝兵衛はよろけた。

およようが腰の帯を掴んで支えると、まだ寝ていろというので、伝兵衛はおようの手を握った。

「この薬湯だけは、わしに作らせてくれ」

「なんだよ。そんなにがんばらなくても、佐平さんがいるだろう」

「女将さんの大切なお客が、酷く疲れていなさるそうなんだ。頼む、手伝ってくれ」

伝兵衛が頼むと、おようは不服そうだったが、仕方がないと言って、手を貸してくれた。

おふじの大切な客というのは、品川で海産物問屋を営む磯屋《いそや》の女房のおしずだ。幼い頃からの友で、付き合いが深いのだが、おふじが宿を切り回すようになってからは、忙しくて思うように会えずにいた。そのおしずが、疲れた顔をして宿を訪れ、風呂につかりたいと言ったのである。

げっそりと頬がこけた友の変わり果てた姿に驚いたおふじが、伝兵衛に頼んだのだ。

事情を聞いたおようは、おふじに腹を立てたようだったが、黙って手伝った。

伝兵衛が作った薬湯を、佐平と二人で湯船に流し入れると、風呂が沸いたことを報せに、宿の中に駆け込んだ。

仕事を終えた伝兵衛は、佐平に火の守りを頼んで、離れ屋に戻ろうとした。

ふらつく伝兵衛を気遣う佐平に大丈夫だと言い、歩いていると、剣術道場から戻った喜之助が裏から入り、伝兵衛を呼んだ。

「坊ちゃん。お帰りなさい。お供出来なくて、済みませんね」

「いいよ。具合が悪いんだから」

「坊ちゃん」伝兵衛は、気遣ってくれる喜之助に感動して、鼻をすすった。「稽古は、どうでした」

「まあ、楽しかったよ。それより、伝さんにお客だよ」

「客？」

「目まいに効く薬をいらないかと言っている」

裏口に、川村の配下の姿が見えたので、伝兵衛は喜之助に礼を言い、千代紙に包んだ飴玉を渡してやった。

喜之助は目を輝かせたが、台所からおようが出て来ると、手を引っ込めた。

「子供じゃないから、いいよ」

そう言うと、逃げるように、表に回った。

「子供でしょうに」

伝兵衛が笑っていると、おようが手から千代紙の包みを取り、飴玉を口に投げ入れた。喜之助の後ろ姿を見ながら裾を端折ったので、何をはじめるのか訊くと、

「おしずさんの背中を流してやるのさ」

そう言って、風呂場に入った。どうやら、おふじに頼まれたらしい。

「佐平さん、火の守りはわしがやろう。済まんが、薪割を頼めるかい」

快諾した佐平が薪割に行くと、薬売りを招き入れた。

薬売りは、これまで見たことのない、暗い顔をしている。

「何があった」

声音を小さくして訊くと、薬売りは、唇を震わせながら言った。

「川村様が、修義様に捕らえられた」

「なに。城に連れて行かれたのか」

「いや、お屋敷だ。座敷に幽閉されている。我らも、ここを去らねばならん」

薬売りは、川村家への帰参が叶っていたのだが、声がかからぬ伝兵衛に申し訳なく、そのことは言わなかった。伝兵衛に声がかからないのは、修義が吉宗に気を遣ってのことであろうと、薬売りは思っていたのだ。

「報せと共に、これが届いた」

修義が伝兵衛に宛てた手紙だった。

その場で目を通す伝兵衛に薬売りが言った。

「すぐにここを去った方がいい。また相馬の手の者に襲われたら、今の身体では勝てぬぞ」

「だからこそ、行かねばならぬ。上様の病をお治しすれば、わしの役目は終わりじゃ。奴らも、襲ってこなくなろう」

「秘宝の在処も分からぬのに、何処へ行くと言うのだ」

伝兵衛は、薬売りに文を渡した。

「行くべき所は分かった」

言われて、文に目を通した薬売りが、目を見張った。

「龍の眼は、西ノ丸の櫓にあると、書かれてござる」

「こたびのことに、川村家は一切かかわりなきこと。ゆえに、暇を出したわしが何をしようと、あずかり知らぬということじゃ。お前さんは、帰参が叶うたのか」

問われて、薬売りは、ばつが悪そうに頷いた。

「では、わし一人で片付けろということであるな」

「ゆくのか。あの櫓は、隠れ御庭番と言われる、大御所様直属の精鋭が守っていると聞く。罠かもしれぬぞ」

「わしも、上様の隠れ御庭番のような者。ここで諦めたら、上様があまりにも哀れじゃ」

「たった一人で何が出来る。やめておけ、殺されに行くようなものだ」

伝兵衛は笑みを浮かべ、火に薪を投げ入れた。

薬売りは、返答をせぬ伝兵衛にもの申そうとしたが、背中から湧き出す気迫に押されて、何も言えなくなった。そして、頭を下げると、静かに立ち去った。

「およう。およう」

伝兵衛が風呂場に声をかけると、おようが格子窓から顔を覗かせた。

「なに」

「湯加減はどうじゃ」

「いいよ」

おしずが入ってきたらしく、おようが背を向け、迎える声をかけた。どうやら、薬売りとの話は聞こえていないらしい。

「さて、どうするか」

独りごちた時、おようが戸口から出て来た。

「伝兵衛、ちょっと」

「なんじゃ、どうした、慌てて」

「おしずさん、重い病だよ」

「分かるのか」

「身体の痩せ方が、普通じゃないよ」

「胃の腑でも悪いのかもしれぬな。身体を揉むふりをして、診てみようか」

「すけべなことをいうな。遊女ではないぞ」

「あたりまえじゃ。風呂が終わったら、女将さんに頼んで部屋に入ってもらえ」

「分かった」

その後、宿の部屋でおしずの身体に触れた伝兵衛は、医者に診てもらったのかと訊いた。

すると、おしずは、江戸の薬師に診てもらっても、はっきり何が悪いとは言われずに、出された薬を飲んでも、良くならないと言った。

「なるほど」

頷いた伝兵衛が、気分疲れだと言って、薬湯に入って、ゆっくり養生することを勧めた。

「気分疲れ？」

友を案じるおふじが訊くので、伝兵衛は頷いた。

「わしのような者でも、腹にできものがあるかないかは分かる。気苦労で、胃の腑が弱っているのじゃろう。飯は食べているかい」

「少しばかりですが」

「食べられるなら、心配ない」

伝兵衛がそう言うと、おふじが、何か思い当たることがあるのか訊いた。

おしずは、店に出るわけでもなく、舅《しゅうと》も姑《しゅうとめ》も居ないので、気苦労をすることはないのだろう。不思議そうに、頭を傾げていた。

伝兵衛は、とにかく身体を休めることを勧めて、おようの肩を借りて、部屋を出た。

台所に行き、おように淹《い》れてもらった茶をすすっていると、おふじが来た。

「よほど疲れていたんだろうね。伝さんのいうことを素直に聞いて、眠ったよ」

「そうですかい」

伝兵衛は、一つため息を吐いた。

「どうしたのよ、ため息なんか吐いて。身体が辛いの」

「まあ、そんなところで」

伝兵衛は、おしずの命が長くないことを言おうか迷ったが、黙っていることにした。腹を触った時に、臓腑が硬いと感じたのだ。

薬湯につかることを勧めたのが家の者ということだったので、医者から病気のことを言われているのかもしれないと、伝兵衛は思った。友の重病を知って、情の厚いおふじが冷静でおれるはずはないと思い、何も教えないことにした。

目まいがすると言って離れに戻った伝兵衛は、どうやって櫓に忍び込むか、そればかりを考えた。そして、頭のすみに、秘薬をおしずに飲ませたら、病が治るのだろうかという思いがあることに気づき、床に仰向けに寝た。

おようが戸を開けて入ると、寝転んでいる伝兵衛を見下ろし、横に座った。

「伝兵衛」

「なんじゃ」

「正直に教えてくれ。おしずさんは、腹に悪いものがあるのか」

「分からぬ。じゃが、あの痩せ方は、尋常ではない。飯を食うていると言ったが、心配じゃ」

「薬湯で治るのか」

「気分疲れなら、七日もすれば良くなる」

「分かった。女将さんにそう言っておく」

なんだかんだ言いながら、おふじのことを気遣っているおようを、伝兵衛は微笑《ほほえ》ましく見送った。

長持から仕込み刀を取り出し、鯉口を切ると、ゆっくり引き抜いた。

夕日にぎらりと光る刀身を見つめた伝兵衛は、櫓を守っているという、吉宗の隠れ御庭番のことを考えていた。

頭目は相馬玄内だろうが、隠れ御庭番の噂は、伝兵衛も耳にしたことがある。川村の配下として江戸城にいた伝兵衛でも、それらしき者の姿を見たことはないが、吉宗の懐《ふところがたな》刀とも言われるその者たちは、天雲を襲った者や、自害した毒女よりも、手強い相手であることは間違いない。

「この身体では、どうにもならぬ」

半身を起こした伝兵衛は、目まいがする頭を振り、目頭を押さえた。その度に、毒女の不敵な笑みが、呪縛《じゅばく》のごとく頭に浮かぶ。

同じ毒を浴びたおようが翌日には元気になったことを思うと、やはり、秘薬の力が優れているということだ。その元となる龍の眼の在処が分かったからには、一刻も早く手に入れて、上様にお飲みいただかなくては。

伝兵衛は、老骨に鞭打って立ち上がると、毒女の呪縛を振り払うように頭を振り、出かける仕度をした。

壽屋が大勢の捕り手に囲まれたのは、その時だった。

与力と同心数十名を引き連れて来た男が、馬から降りて壽屋に入り、応対に出た番頭の伊助《いすけ》をじろりと睨んだ。

「この宿に凶悪な盗人が潜んでおるとの通報があったゆえ、これより改める」

言うや、有無を言わさず、土足で上がり、奥へ向かった。

配下の与力が号令し、同心たちが一斉に宿に押し入ると、風呂に押し入り、男の客は裸のまま立たせて人相書と比べて調べ、部屋中をしらみつぶしに探した。

おしずを看病していたおふじが、踏み込んで来た与力に何ごとかと訊くと、与力は鋭い目で言った。

「お前が女将か」

「はい」

「お頭がお待ちだ。参れ」

驚くおしずに、大丈夫だから寝ていろと言ったおふじは、与力に連れられて、一階に下りた。

陣笠に防具を着けた物々しい姿の男が、居間に陣取り、床几に腰かけていた。

おふじが、土足の足元を見ながら座り、頭を下げると、

「火付盗賊改方である」

猛々《たけだけ》しく言い、名を名乗らなかった。

「この男に、見覚えがあろう。名は、伝兵衛じゃ」

言われて見せられた人相書に、おふじが目を見張ると、

「姿がないが、何処におる！」

隠し立てすると容赦せぬと脅され、馬の鞭を向けられてきつく問われた。

伝兵衛は離れにいるはずだと思っていたおふじは、正直に答えた。

「その名の者でしたら、確かに雇っています。裏にいるはずですが」

「おらぬから訊いておるのじゃ！」

「おかしいですねぇ。昼間にはいたのですが。それよりお役人様、あの者が何をしたって言うんです」

「奴は盗人だ」

「そんな馬鹿な」おふじは惚《とぼ》けた。「だいいち、人相書と違いますもの」

「違うはずはない」

「いいえ、違います。この人相書はいい男ですけど、伝兵衛さんは年寄りですよ。盗人が出来るとは、とても思えませんが」

「いいや、盗人じゃ」

「人違いです。なんでしたら、川村様に訊いてみられたらどうです」

「川村？」

「はい。番町の川村様です。伝兵衛さんとは親しい仲ですから、お尋《たず》ねになれば人違いだと分かりますよ」

「ふん、どうであろうな」

鋭い目を向けた侍は、火付盗賊改方の長官にしては若いが、ただ者ではない雰囲気が、全身にみなぎっている。

じろりと部屋を見回すと、配下に顔を向け、馬の鞭を下に向けて指示した。

頷いた与力が同心に耳打ちするや、同心がおふじを取り押さえた。

「何をなさいます」

「下におる者。出て来ねば、女将の首を刎《は》ねるぞ」

与力が怒鳴り、抜刀した。

宿の者が悲鳴をあげると、

「待った！」

下から声がした。

与力が同心に畳を上げさせ、床板をはずすと、伝兵衛が手を上げて出て来た。

「伝さん」

「女将は関係ない。放してくれ」

「いいだろう」

長官は伝兵衛の背後に立ち、女将を放してやれと言うや、手刀で伝兵衛の首を打って気絶させた。

「運び出せ」

命じると、同心が伝兵衛を引きずり上げて縄を打ち、外に待たせていた駕籠に押し込んだ。

「お役人様、何かの間違いでございます。伝兵衛さんは、盗人などではありません。川村様に訊いてみて下さい。どうか、お願いいたします」

おふじが必死に頼んだが、長官は無視して去ろうとした。その前に立ちはだかったのは、おようだ。

およは、伝兵衛の小太刀を抜き、長官と対峙した。

「よさぬか、小娘」

「伝兵衛は盗人ではない」

「黙れ」

「盗人ではない！」

斬りかかったが、同心が寄棒を突き出して阻《はば》み、押し返した。

「この野郎！」

それでも斬りかかろうとしたおようだが、長官が素早く刀を鞘ごと抜き、柄で腹を突いた。

鳩尾《みぞおち》を突かれたおようは、呻き声をあげて倒れた。

長官が、およう の手から伝兵衛の小太刀を奪うと、与力に渡した。

「手当てしてやるがよい」

長官は、呆然と立ち尽くす旅籠の者にそう言うと、颯爽《さっそう》と立ち去った。

いきなりのことで驚いた壽屋の者たちは、およを助け起こすと、居間に寝かせた。そして、伝兵衛は盗人なのかと言いながら、おふじのもとへ集まった。

「女将さん、どうなんでしょうか」

心配する番頭の伊助に、おふじは笑って答えた。

「ばかだね、人違いに決まってるじゃないか。あんたたち、本気でそう思っているのかい」

「いや、そうは思っていませんが。相手は鬼も逃げる火付盗賊改ですよ」

「大丈夫だよ。みんなには黙っていたけど、伝さんは、川村様の元家来なんだよ」

「ええ、川村様の！」

「そうだよ。お役人だって、すぐに人違いだって分かるさ」

番頭が、皆と顔を見合わせて安堵した。

「分かったら、お客さんにお詫びをして、床を綺麗(きれい)に掃除してちょうだい。梅さん」

「へい」

「お詫びのしるしに、お客さんにお酒を出すから、仕度して」

「へい」

梅吉は、急いで板場に入った。

「あの身体で、大丈夫でしょうか」

目を覚ましたおようが心配すると、おふじが手を握った。

「伝さんなら大丈夫よ。そうでしょ」

自分が良く知っているだろうと言われて、おようは頷いたが、心配そうな顔を、外の暗闇に向けた。

三

伝兵衛の意識が戻ったのは、駕籠の中だった。冷静に、そのまま気を失っているふりをして、様子を探った。駕籠の中から外を見ることが出来なかったが、耳に聞こえた限りでは、城門を一つだけくぐっている。門番とのやりとりは、はっきり聞こえていないが、火付盗賊改方の役宅に連れて行かれるのだろうと思っていた。

屋敷の前で駕籠から引き出された時が逃げ時だと決めて、大人しくしていた。

ところが、城門をくぐって程なく、門を開けい、という声がして、重厚な門扉が開けられる音がした。伝兵衛は、様子が変だと思った。罪人を乗せた駕籠が、屋敷の表門から入ることなど、ありえないからだ。

だがこの時、伝兵衛は分かっていなかった。

伝兵衛を乗せた駕籠がくぐったのは、一万四千余坪を誇る広大な屋敷の、裏門だったのだ。そして、伝兵衛を乗せた駕籠は、屋敷の裏庭を進み、土蔵の中に入った。駕籠は、伝兵衛を乗せたまま床に置かれて、誰かが中を覗くと、まだ気を失っていると言った。そのままにしておけという声がして、足音が外へ出て行った。蠟燭の火も消されて、戸を閉められると、暗闇となった。

手も足も縛られた伝兵衛は、まんじりともしないで、闇を睨んでいた。自分を捕らえたのが火付盗賊改ではないことは、この時点で判明した。相馬にまんまと騙されたのなら、このまま槍で突かれ、命を取られるかもしれぬが、その気配はなかった。

火付盗賊改に化けるような回りくどいことをしたのが何者なのか、伝兵衛には見当がつかなかった。

戸が開けられたのは、程なくのことだった。

駕籠の外に灯りが近づき、簾《すだれ》が上げられた。

「意識が戻っております」

同心の形をした者が言うと、一歩下がった。その後ろに、火付盗賊改方の長官を名乗り、伝兵衛を捕らえた男が立っている。駕籠の中の伝兵衛を見下ろす男の目は鋭い。

「何者だ、あんた」

伝兵衛が訊くと、男は床に座った。

「手荒な真似をしたこと、容赦願いたい」

浅く頭を下げ、沢田良衛《さわだよしえい》と名乗った。驚いたことに、家重の実弟、徳川宗武の家来だと言う。

徳川宗武といえば、家重と将軍の座を争い、一時は登城を禁止された人物だ。江戸城田安《たやす》御門内に屋敷があるため、田安家とも呼ばれ、近ごろ十万石に加増され、大大名となっている。

「大御所様に命じられて、わしを捕らえたのか」

「さにあらず」

伝兵衛は、宗武の真意が分からなかった。

「田安様は、わしをどうするつもりじゃ」

沢田は、配下に命じて縄を解かせた。

「里見殿は、成すべきことをなされよ」

伝兵衛が手首をほぐしていると、配下の者が、荷物を駕籠の前に置いた。

「おぬしの部屋から持って参った物だ。足りぬものがあらば、こちらで用意いたす」

伝兵衛が床下に隠していた黒装束と、枝に似せた仕込み刀、そして、龍の眼に混ぜる粉を入れた包みなど、全てが揃っている。

「わしが成すべきことを、田安様はご存知なのか」

「いかにも」

「知っていてわしを連れて来たのであれば、ここは、城内のお屋敷でござるか」

「さよう。田安御門内にござる」

「それはありがたい。ここからであれば、役目を果たしやすい」

「お宝が西ノ丸の櫓にあることを、知っておるのか」

「ああ、知っている」

「さようか。城の守りは存外に厳しゅうなってござる。油断せぬことじゃ」

伝兵衛は、首を傾げた。

「しかし、わからん。田安様は、このお屋敷に入られて以来、上様とは一度もお会いになっておられぬはず。上様を嫌うておられるお方が、何ゆえ、上様のために働くわしに、手を貸される」

「確かに殿は、上様とは疎遠になってござるが、将軍職を争うことになったのは、幕閣の権力争いに巻き込まれてのこと。本意ではなかったのだ。ゆえに、近頃の殿は、上様のことを案じておられた。将軍となりながらも、未だ実権を大御所様に握られ、飾り物同然の扱いを受けておられる上様の心情を想い、こころを痛めておられる。そんな時に、おぬしの噂が耳に入ったのだ」

「わしの居場所は、誰に訊かれた」

「申されぬ。田安家の存亡にかかわることゆえな」

「つまり、本丸か西ノ丸のどちらかに、間者を忍ばせているということか」

伝兵衛の問いに、沢田は答えなかった。

伝兵衛は、沢田の顔色を窺った。

「どうも、怪しいのう。これでは、話がうますぎる」

「実兄であらせられる上様のことを想う殿のお気持ちを、疑うと申すか」

「いや、そこまでは言わぬが」

「気が乗らねば、去るがよい。田安御門まで、拙者が送ろう」

城門の守りが厳しいことは、駕籠の中からでも分かっていた。川村も捕らえられ、手助けがない状態で、今の城の守りを外から破ることは不可能だ。

どうやって忍び込むか考えあぐねていた伝兵衛にとって、この状況は、願ってもない好機だった。城内にある田安家の屋敷からならば、山里に忍び込みやすい。

「返答はいかに」

沢田に迫られ、伝兵衛は、ここに残らせてくれと頼んだ。

「だが、今すぐには行けぬ。毒が抜けるまで、休ませていただきたい」

「毒？」

「大御所様の御庭番衆の配下にやられたのだ。もう何日も経つが、目まいが治らぬ。このまま行けば、ぶざまに捕らえられるだけじゃ」

「なるほど、拙者に捕らえられたのも、毒のせいじゃと申したいのだな」

「そうじゃ」

伝兵衛が不敵な笑みを浮かべると、沢田は、初めて笑みを見せた。

「よかろう。しばらく休むがよい。ただし、出歩かれると迷惑ゆえ、ここには鍵を掛けさせてもらうぞ。あとで毒消しを運ばせるが、何か用がある時は、外におる者に遠慮なく申されよ」

沢田が立ち上がり、配下の者を残して去った。

しばらくして、前髪が取れたばかりと思われる若侍が、膳を持って来た。

「夜食ゆえ、握り飯しかござらぬ」

清潔な身形をした若侍がそう言って、香の物を添えた握り飯三つと、水を入れた銚子を置き、白い紙包みを渡した。

「毒消しにござる」

「効くのかい」

伝兵衛が疑うと、若侍は頷いた。

「殿の万一に備えて用意されたものにござるゆえ、こころして飲まれよ」

将軍家血筋が備える毒消しだけに、効き目がありそうだ。伝兵衛は、押し頂くようにして、薬を流し込むと　苦しげに喉を押さえた。

「いかがした！」

尻を浮かせて慌てる若侍に、

「苦いわい」

そう言って水を飲むと、若侍が、からかわれたことに憤慨して、

「じじいめ、憶えておれ」

などと捨て台詞を吐き、土蔵から出て戸を閉めた。

「ふん、短気者め」

伝兵衛は鼻で笑い、すぐに真顔になった。

「それにしても、宗武め、何を企んでいやがる」

そう言うと、思案を巡らせながら、握り飯をほおばった。

その頃、田安邸の一室では、宗武が大岡出雲守と対面していた。

家重と将軍の座を争い、吉宗によってこの屋敷に押し込まれた宗武は、長らく外に出ることも許されず、辛酸《しんさん》をなめさせられた。ゆえに、家重の側近中の側近である大岡のことを、鋭い目で見ている。

挨拶の口上を述べる大岡は、深々と頭を下げているため、刺すような視線に気づいていない。

「出雲、よう参った。面を上げよ」

「はは」

大岡が顔を上げた時には、宗武の表情は、和らいでいた。

「夜更けに来てもろうたはほかでもない。そちの申すとおり、里見を連れて参った。なにやら毒に苦しんでおるゆえ、毒消しを与えて休ませておるが、あの者、龍の眼の在処を知っておったぞ」

「おそらく、川村から報されたのでございましょう」

「それも、そちがしたことか」

「いいえ。上様は密かに、元御庭番の川村左衛門に龍の眼を奪うよう命じられましたが、当主修義が食い止めました。このことが、里見に伝わったのでしょう」

「さようか。しかし、西ノ丸の櫓は、父上の手の者が守っておるはず。里見一人で、ことが成せようか」

大岡は、不敵な笑みを浮かべて頷いた。

「五日後の夜に、本丸で能の宴が開かれまする。上様は大御所様をお招きされておりますので、西ノ丸の警備も薄まりましょう」

「それまでに、毒が消えればよいがの」

「あの者ならば、上様のおんために必ずや参り、龍の眼を奪いまする」

「そちと違うて、あの者は忠義者よのう」

「そこが、付け目にござる」

頭を下げた大岡は、家重の信頼を受ける伝兵衛を憎むあまり、顔をひきつらせた。

「里見が秘薬を完成させ、上様の病を治せば、大御所様は、必ずことを起こされます。さすれば、家治君が十代将軍」

「その家治を亡き者にいたせば、余の出番じゃ」

「はい。その折は、この出雲のこと、よろしくお願い申し上げまする」

「分かっておる。余が将軍になった暁《あかつき》には、そちを老中にいたす」

「ははあ」

「じゃが心配じゃ。里見が西ノ丸に入る手助けを、そちがいたせ」

「あの者は、それがしを大御所様側の者と思うております。下手《へた》に助けるは、かえって疑いを招きましょう。御庭番の嗅覚は、侮れませぬぞ」

「では、余のことも疑っておろうか」

「くれぐれも、覚《さと》られぬようにお気をつけください。弟君として上様の身を案じることに徹して、これ以上の手助けをせぬほうが、よろしいかと」

「うむ。そちも、父上に気づかれぬよう、用心せよ」

「はは」

「帰りも、来た時と同様、田安家の駕籠を使え。誰にも顔を見られるでないぞ」

「御安心めされ。では、ごめんつかまつります」

大岡が去ると、宗武は沢田を呼んだ。

すぐに現れた沢田に、企みを含んだ顔を向けた。

「今の話、聞いておったな」

「はは」

「五日後に、ことを起こさせよ。もし万が一失敗した時は、かまわぬ、大岡を斬れ」

「かしこまりました」

沢田は、冷徹な顔つきで頭を下げた。

四

黒装束に身を包んだ伝兵衛が田安家を出たのは、三日後の夜中だ。

沢田から、能の宴の夜が好機だと教えられたが、伝兵衛は、その日を選ばなかった。吉宗の精鋭である相馬玄内が、能の宴に惑わせて櫓の警備を怠るわけもなく、むしろ、警戒を強めると思ったからだ。

闇の中を、音もなく駆けて来た伝兵衛は、西ノ丸に聳える櫓を見上げた。

忍びの黒覆面を着けた伝兵衛の目は、壽屋で見せるものとは別人のように鋭く、身体が、一回りも二回りも大きく見える。数々の修羅場を生き延びた者の身体からみなぎる剣気が、そう見せるのである。

西ノ丸を囲む堀に身を沈めた伝兵衛は、竹筒をくわえて、凍りつくような水の中を泳いだ。

山里の下に行くと、蜥蜴《とかげ》のように石垣を這い上がり、土塀の瓦に鉤縄《かぎなわ》を投げて登った。

あたりに人はおらず、三層屋根の櫓の周囲は、やけに静かだった。

伝兵衛は、土塀の屋根から飛び降りると、足音を立てずに走り、櫓の下に潜んだ。

石垣を背にして歩み、角から顔を出して見張りがいないか確かめると、西ノ丸御殿の方角に歩みを進めた。次の角で止まり、再び先を窺うと、吊り行灯《あんどん》の明かりの中に、見張りが二人立っていた。

厳重と聞いていたが、手薄だ。

伝兵衛は、つと歩み出た。

見張りの者が気づいて顔を向けるや、目を見開いた。叫び声をあげることも、寄棒を構える間もなく伝兵衛に腹を拳で打たれ、あるいは首を手刀で打たれ、気絶した。

入り口は、鉄扉を閉じられているが錠前はかけられていなかった。

倒した見張りを裏に引きずって行き、手足を縛って猿ぐつわをかませると、吊り行灯から蠟燭を取り、鉄扉を開けて中に入った。

中から閂《かんぬき》をかけると、龍の眼を探そうとした。唸りを上げて何かが飛んで来たのは、背を返した直後だった。

咄嗟にかわした伝兵衛の背後の壁に、棒状の手裏剣が三本刺さったが、その内の一本が、伝兵衛が持っていた蠟燭の火を消した。灯りひとつなく、窓もない櫓の中は闇となり、伝兵衛には何も見えない。

再び飛んで来た手裏剣を、伝兵衛は音と気配で察知し、後ろ向きに転回してかわした。

身を伏せることなく、前後どちらへでも跳べるよう備えて、伝兵衛は気配を探った。すると、闇の中に、低く呻くような笑い声があがり、その声は、壁や天井に共鳴して、声の主の位置が分からぬように細工されていた。

「わしの攻撃をかわすとは、なかなかにやるものじゃ」

伝兵衛は挑発に乗らず、息を殺し、闇の中で目をつむり、意識を耳に傾けていた。

「黙っていても無駄なことよ。わしには、貴様がはっきりと見えておる」

言うや、伝兵衛が腕に衝撃を受けたのは、その直後だ。

かわしきれず、腕に棒手裏剣が命中したのだが、黒装束の下に着けている鎖帷子《くさりかたびら》が防いだ。

「ほう、命拾いをしたものよ」

闇の中の声が、楽しむように言った。そして、抜刀する微かな音がした。

伝兵衛は前転して移動し、壁に当たると、背にして立った。

「無駄じゃ。わしには、よう見えておるぞ」

言うや、唸りを上げて手裏剣が飛んで来た。

伝兵衛は身を転じてかわし、前転して移動した。そして、うつ伏せになると、床に耳をつけた。

微かに、足を運ぶ音が伝わった。

敵は、その方角に向けて、手裏剣を投げた。

伝兵衛は、夜目が利くだけあり、刀で手裏剣を弾き飛ばした。だが、それが致命的失敗だ。伝兵衛は、再び手裏剣を投げた。と同時に、突進した。

敵は、難なく手裏剣を弾き飛ばし、攻撃に転じようとしたが、伝兵衛が間近で投げた手裏剣に喉を突かれ、呻き声をあげた。

伝兵衛は、敵が手裏剣を弾いた時に出た僅かな火花を見逃さず、相手の位置を把握したのだ。

床に倒れる音と共に、喉から漏れる息が笛のような音を出していたが、すぐに弱まり、聞こえなくなった。

伝兵衛が跳びすさると、部屋の端の天井から、何者かが灯した明かりが漏れた。そこには、二階に上がる階段がある。薄明りの中で、伝兵衛の足元に倒れた者の姿が見えた。その男の目は、白濁《はくだく》していた。髑髏《どくろ》のように頬が痩せ細り、餓鬼《がき》のような姿をしている。

伝兵衛が倒した男は、隠れ御庭番衆の一人で、闇の伊佐治《いさじ》と呼ばれる男だった。恐ろしい相手だったと、胸を撫で下ろした伝兵衛であるが、それはほんの一瞬のことであり、鋭い目を上に向けた。

戦いが終わるのを待っていたかのごとく灯された明かりを、伝兵衛は警戒した。だが、一階に宝らしき物は見当たらず、上に行くしかなかった。

ゆっくりと階段に足をかけた伝兵衛は、腰に両手を回して、小太刀を抜刀した。

上の様子を窺い、二階に上がりきると、広い部屋の四方に燭台が置かれているだけで、何もなかった。ただ、天井がやけに高い。

伝兵衛は、両手の小太刀を構えて、あたりに気を配りながら歩を進め、反対側の角にある、三階に続く階段に向かった。何ごともなく、部屋の中央あたりに差しかかった時、三階に続く階段から下りて来る者がいた。

手に槍を持った男は、総髪を後ろで一つに束ね、着物に袴を着けた姿は、一見すると、何処にでもいる浪人に見える。

青白い顔を伝兵衛に向けた男は、岸井頼茂《きしいたのも》と名乗り、槍を下段に構えた。

「逃げるなら、今のうちぞ」

伝兵衛が無視して小太刀を構えると、岸井は、糸のように細い目を更に細め、不敵な笑みを浮かべた。

「いい度胸だ、じじい」

言うや、耳障りな奇声をあげて、疾風《しっぷう》のごとく前に出てきた。

伝兵衛が、突き出された槍を小太刀で受け流すと、その槍はすぐに引かれ、鋭く突いて来る。跳びすさってかわすと、岸井も同じように跳び、穂先《ほさき》が伝兵衛の肩を突いた。

鎖帷子が僅かに切れ、血が滲んだ。

それを見て、岸井が鼻で笑い、槍を構えた。

舌打ちをした伝兵衛は、小太刀を逆手に持ち替えて右腕と右足を前に出し、左腕を後ろに隠すように構えた。

岸井は中腰で槍を構えていたが、大きく振り上げて穂先を回し、袈裟懸けに打ち下ろしてきた。その速さは尋常ではなく、刀のように振るわれた。伝兵衛は隙を突いて前に出ていたが、槍の速さに驚き、受け止めるのがやっとだった。

右の小太刀で受けたものの、凄まじい威力に吹き飛ばされ、壁で背中を強打した。

すかさず追った岸井の繰り出した槍が、伝兵衛の喉を狙ってきた。

伝兵衛が小太刀で受け流すと、槍が壁を貫いた。

岸井が引き抜くのと、伝兵衛が横転するのが同時だった。

岸井は跳びすさり、足元に迫る伝兵衛と間合いを開け、槍を振り下ろしたが、間合いが詰まり過ぎていた。伝兵衛は、槍の柄を身体で受け、右わきに抱え込むと、左の小太刀で両断したのだ。

それは一瞬のことであり、岸井が目を見張った時には、前に出た伝兵衛の小太刀で胸を貫かれていた。

負けたことが信じられぬという顔で伝兵衛を見た岸井は、肩に摑みかかったが、崩れるように倒れ伏した。

伝兵衛は、三階に上がった。

二階より狭い三階には、鎧や太刀が並び、どれもこれも、名品といえるものばかりだった。吉宗は、これらの物を家重に伝えず、家治のために隠し持っているのだ。

伝兵衛は、龍の眼がどのような物か見当がつかず、天雲が持っていた透明な粉から想像して、水晶のような物を探した。

「お前が探している物は、ここにはないぞ」

声に振り向くと、口髭を生やし、紋付袴を着けた学者のような男が、四階から顔を出し、手招きした。

伝兵衛が上がると、西洋の物なのか、革張りの椅子や机が置かれている。口髭の男は、椅子に悠然と座り、伝兵衛を見ていた。

「お前が、相馬玄内か」

伝兵衛が訊くと、男は逆に訊いてきた。

「そんなことより、龍の眼があれば、上様の病を治すという薬が作れるというのは、まことなのか」

「そうだと言えば、大人しく渡してくれるのか」

「答えになっておらんな」

伝兵衛は、男の真意を測りかねたが、素直に答えた。

「作れる」

「そうか、そいつは、面白い。木曾の山奥で一人、品川で一人、ここでは二人の仲間が倒された。大したじじいだ、あんたは。まさか、我ら隠れ御庭番衆以外に、腕の立つ者がおろうとはな。まったく、風呂焚きにしておくのは惜しい。どうだ、我らの仲間に加わらぬか」

「あいにく、今の暮らしが気にいっているのでな。このような所に閉じ込められるのは、ごめんこうむる」

「何か勘違いしているようだが、我らは、ここでお宝を守っているのではないぞ。大御所様の邪魔をする者を、この世から抹殺するのが、我らの役目。下命あらば、北の果てから南の果てまで旅をする。楽しいぞ」

「おい、若造。これまで何人の命を奪ったか知らぬが、罪滅ぼしに、龍の眼を渡せ。民のための政をなされようとしている上様の役に立て」

そう言うと、男が真顔になった。

「我らは、理由もなく人を殺したりはせぬ。ただの人殺しならば、とっくに壽屋へ攻め入り、皆殺しにしておるわ」

伝兵衛は、男を睨んだ。

「わしがここへ来ると知って、待っていたと申すか」

「お頭の気まぐれには、困ったものだ。まあ、こうして楽しめているので、よしとせねばなるまい。この藤四郎《とうしろう》と顔を合わせたことを祝して、教えてやろう」

男は言うと、上を指差した。

「龍の眼は、最上階にある。欲しければ、上がって取れ。生きていたらの話だがな」

言い終えるのと、部屋に銃声が轟くのが同時だった。

呻き声をあげた伝兵衛は、階段から転げ落ちた。鎖帷子を貫いた弾丸は、脇腹の肉をえぐ
甲冑《かっちゅう》の陰に身を隠し、脇腹を押さえた。

っていたが、臓腑には達していない。

二連の短筒を構え、ゆっくり下りて来た藤四郎は、甲冑の陰に隠れる伝兵衛を見つけて、狙いを定めた。

「おい、そんな所に隠れるな。大御所様の甲冑に傷をつけるではないか。大人しく出て来れば、楽に死なせてやるぞ」

銃口を向けてゆっくり歩み、伝兵衛を捕らえた。

「やはり、そこにおれ」

言うや、短筒を放った。

弾は狙い通り、伝兵衛の頭部に命中し、弾けるように身体が揺れると、甲冑の下へ倒れた。

ぴくりとも動かないのを見届けた藤四郎は、短筒を向けたまま歩み寄った。

宝物の槍を取り、鞘を飛ばして穂先を向けると、とどめを刺すために突き入れた。

「むっ！」

手ごたえに異変を感じた刹那、背後に殺気が沸き上がった。目を見張って振り向い

た藤四郎の額に、うなりを上げて飛んで来た矢が突き刺さった。

強弓で頭を貫かれた藤四郎は、身体ごと二間も飛ばされて、崩れ落ちた甲冑の下敷きになった。

伝兵衛が歩み寄ると、藤四郎は死んでいた。

「床に置いた甲冑をわしと間違えるとは、修行が足らんの」

徳川の家紋入りの陣羽織を掛けてやると、背を返した。風通しのための格子窓の外が、にわかに騒がしくなったのは、その時だ。銃声を聞いて、城を守る者たちが集まって来たのだ。

裏に倒れている警備の者を見つけたのか、一階の鉄扉を開けようとする音がしはじめた。

「やれやれ、骨が折れるわい」

お宝の弓を無造作に投げ捨てた伝兵衛は、身体の動きとは正反対のじじ臭い口調でいい、肩を押さえて腕を回した。

階段を駆け上がり、一気に最上階へ上がった伝兵衛は、思わず息を呑み、身構えた。全身黒ずくめの者が、座禅を組んで座っていたのだ。

その左には、一振りの刀が置かれていた。

「貴様が、相馬玄内か」

伝兵衛が訊くと、黒装束の者は、いかにも、と答えて、目を開けた。

座禅を解き、正座するのかと思いきや、膝行《しっこう》して抜刀し、刀を振るって来た。

膝行というよりは、跳んで来たというほうが正しい。

伝兵衛は咄嗟に跳びすさったが、右足の脛《すね》を斬られていた。

苦痛に顔をゆがめて膝をつくと、相馬は立ち上がり、納刀して腰に差した。そして、悠然と下がり、伝兵衛が立ち上がるのを待っている。

傷は浅いはずだと言わんばかりに、手招きされた。

伝兵衛はやおら立ち上がり、腰に手を回して小太刀を抜き、右手を前、左手を後ろの構えで対峙した。

相馬が、油断せぬ足運びで右へ回り、祭壇《さいだん》のような物を背にした。三段重ねにされた板の上には三方《さんぼう》があり、その上に、赤い球状の物が置かれていた。

伝兵衛は、はっとなった。

「それが、龍の眼か」

「いかにも」

透明ではなかった。まるで赤い水晶のように、蠟燭の明かりに輝いている。

相馬は、右足を前に出して腰を低くすると、抜刀術の構えをとった。その構えに、伝兵衛は見覚えがあった。

「まさか――」

口を制するように、相馬が出た。

抜刀した刃を真横に一閃されたが、伝兵衛は辛うじて切っ先をかわした。だが、相馬が納刀した時には、伝兵衛の黒装束は、腹の部分がぱっくりと口を開け、鎖帷子も斬られて、薄皮が裂かれた腹に血が滲んだ。

「やめろ、遠藤！」

伝兵衛が無二の友の名を呼んだが、相馬は再び襲って来た。

伝兵衛は、抜刀して一閃された切っ先をかわして横に跳んだ。再び納刀し、伝兵衛に身体を向けた相馬の横で、両断された壺の上の部分が滑り落ちて割れた。

「遠藤！」

伝兵衛が叫んだが、覆面に隠された表情は見えない。

相馬が前に出た。伝兵衛は、凄まじい剣気に押されて後ずさり、壁に背が当たった。退路を塞がれ、窮地に立たされた。

「どうした。逃げてばかりでは、勝てぬぞ」

やはり、遠藤の声だった。

そう思う間もなく、抜刀された刃が伝兵衛を襲った。

刀と刀がぶつかる音が響き、二人は顔を突き合わせた。相馬の、俯き気味の覆面の奥にある目は、寂しげだった。

対峙した二人の間の床に、つつぅっと、鮮血が滴《したた》り落ちた。

伝兵衛は、黒装束の胸ぐらを掴み、苦痛の顔を向けた。

「何故だ、遠藤」

すると、相馬は、自ら覆面を取った。やはり、遠藤兼一だった。

「お前に、傷を負わせた。今日は、わしの勝ちじゃ」

遠藤はそう言うと、笑みを浮かべた。遠藤が振るった刀は、伝兵衛が逆手に持った小太刀で受け止めたが、威力が凄まじく、刃で腕を斬り込まれている。伝兵衛の右腕から血が流れているが、遠藤の腹には、伝兵衛の左手の小太刀が刺さっていた。

伝兵衛は引き抜こうとしたが、遠藤が腕を掴み、深々と突き入れた。

呻き声をあげた遠藤の、脚の力が抜けた。

伝兵衛は、倒れる遠藤を抱きかかえ、床に座った。

「遠藤、わしとおぬしは友ではないか、どうして黙っていた」

「お前と同じよ。全ては、忠義のためじゃ」

「忠義のためじゃと」

「わしは大御所様に目をかけられて、出世した。だが、それは表向きのことであり、裏では、相馬玄内として隠れ御庭番衆の頭目になり、大御所様の命に従い、人を斬ってきた。わしが獣と呼ばれるは、狙うた獲物を、必ず仕留めてきたからだ」

「わしをここまで誘い入れたのも、大御所様のために、命を取るためか」

「お前とは、死ぬか生きるかの勝負をしてみたいと思っていた。これで、思い残すことはない」

遠藤が咳き込み、口に血を滲ませた。

「か、影周」

「なんじゃ」

「楽しませてくれた礼に、教えてやる。う、上様の命を守りたくば、や、病を、治さぬことじゃ。病が治れば、大御所様は、必ず上様の命を奪われる。さすれば、宗武様が、黙っておらぬ」

「お前は、それを知って、わしの命を狙ったのか」

「ゆけ、影周。江戸から去り、姿を隠せ」

遠藤は笑みを浮かべると、力尽きた。

友の亡骸を抱きしめた伝兵衛は、苦渋に顔をゆがめた。

家重の病を治すことだけを考えていた伝兵衛は、遠藤の言葉で、どうするか迷ったのだ。

家重が自ら天下に号令するようになれば、民の暮らしが楽になると信じていた天雲の顔が脳裏に浮かんだが、吉宗の力がまだまだ強大なのも事実だ。遠藤がいうように、吉宗は家重の命を奪うかもしれぬ。そう思えば、秘薬など、この世に存在しない方がいいのだ。

家重の周りは、敵ばかりだ。その家重の命を守る手段は、遠藤が言うように、一つしかない。吉宗に殺させてはならぬと思った伝兵衛は、龍の眼の前に立った。

るべうすのように赤く輝く龍の眼は、ところどころ削り取った痕があるが、ほぼ、丸いまま保たれている。伝兵衛は、小柄を抜き、龍の眼を削った。すると、三方の上に落ちた粉が、赤色から透明に変わった。まるで、削られたことで生命を失ったように、赤から透明に変色したのだ。

龍の眼は、生きている。

伝兵衛は、誘われるように天井を見上げた。そこに描かれた龍は、今にも動きそうな身体をうねらせ、かっと見開かれた金色の眼で、伝兵衛を睨んでいた。

伝兵衛は、龍の眼を摑み取った。ずしりと重く、石のように硬い。持ち去ろうと、懐に入れた時、階段に、異様な気配を感じた。伝兵衛が振り向くと、倒したはずの岸井頼茂が、嬉々とした目を向けて立っていた。脇に樽を抱え、樽から垂れ下がった導火線には、すでに火がついていた。

岸井は、血が滲んだ歯を見せて、勝ち誇ったように笑った。


扉を打ち破ろうとしていた城方の頭上で大爆発が起き、江戸の夜空に、爆炎が吹き上がった。

西ノ丸から櫓の戦況を窺っていた吉宗は、轟音と地響きに尻もちをつき、目を見張った。

櫓の最上階が吹き飛ばされ、西ノ丸の庭や屋根に櫓の破片が降り注ぎ、反対側の堀にも、大きな水しぶきが上がった。

「火を消せ！」

家来どもが大騒ぎする中、吉宗は、最上階が吹き飛んだ櫓を見上げて、一人、含み笑いを浮かべた。

「家重め、命を長らえよったわ」

相馬、いや、遠藤兼一がやってくれおったと喜び、満足げに頷いた。

ただちに西ノ丸の報告を受けた将軍家重は、大岡出雲守から、里見影周の侵入による騒動で起きた爆発と教えられ、朝を待たずして、櫓を調べさせた。

最上階は損傷がひどく、遺体すら見つからぬ状態だと分かった時は、伝兵衛の身を案じながらも、我が病が治らぬことに落胆した。

この事件で落胆したのは、宗武も同じだった。

家重の病が治らぬとなると、己が取って代わる機会は皆無《かいむ》に等しい。

櫓の惨状を知った宗武は、

「おのれ里見め、ぶざまにしくじりおって」

持っていた扇子《せんす》をへし折り、悔しがったのである。

江戸城の騒動は、堀の水面に広がった波紋が消えるようにおさまり、二日後には、何ごともなかったように静かになった。

だが、諸大名の見舞いと称した追及はあり、諸侯や旗本には、火の不始末による火災が原因だと通達した。吉宗は、違う意味での火消に翻弄《ほんろう》されたのだが、その結果、一月後には体調を崩し、いやおうなしに、家重に政を委《ゆだ》ねることになったのである。

五

江戸城西ノ丸で起きた爆発から、二月が過ぎようとしている。

品川では、梅の花が咲き乱れ、諸大名の参勤交代の時期が近いとあって、各旅籠では、藩士たちを迎え入れるための準備がはじまっていた。

そのせいか、宿場は活気に満ち、通りは、行き交う人で混雑していた。そんな中、壽屋の軒先では、およようが明るい声をかけて、客を迎え入れていた。

およようが江戸城の騒動を知ったのは、爆発の翌日であったが、その日から毎日表に立ち、伝兵衛が帰って来るのを待っていた。

五日が過ぎ、十日が過ぎても戻らぬ伝兵衛を、およようは諦めることなく待っていた。だが、二十日が過ぎたある日、およようの前に現れた川村左衛門によって、爆発の惨状を知らされた。

遺体も宝も粉々に吹き飛んだと言われて、女将のおふじをはじめ、壽屋の者たちは涙を流した。

梅吉の申し出で、伝兵衛の葬式をすることになりかけたが、

「伝兵衛は死んでいない！」

おようは、目に涙を溜めながら叫び、必ず戻ると、言い張った。

川村も、そう信じたいものだと言い、

「もし戻った時は、わしに報せてはならぬ」

御庭番衆との繋がりを断ち、密かに暮らさせてやってくれと頼み、江戸に帰って行った。

その後も、おようは夜明けから日が暮れるまで表に立ち、伝兵衛を待ち続けた。

そして、春の陽気が心地よい日に、ある人物が壽屋を訪れた。

おようは、声をかけられても、すぐには誰だか分からなかった。

きょとんとしていると、

「やだ、あたしよ。磯屋の女房よ」

言われて、およう は目を見張った。

「おしず、さん」

「そうよう」

およう は、思わず口に手を当てた。寒い時期に、伝兵衛の薬湯に入った時以来であったが、想像もつかぬほどに、でっぷりと太っていたのだ。

「病が、治ったんですか」

「お陰様で」

おしずは目を細めて笑い、そのことで来たのだと言う。

「おふじさんいるかしら、いるわよね」

返事も聞かずにおようの手を握ると、壽屋に連れて入った。

おふじは、姿を見るなり、

「まあ、ほんとのおしずさんだ」

などと言い、喜んだ。おしずは、元々太っていたのだ。

おしずに話があると言われて、おふじは奥へ誘った。

おようも呼ばれたので行くと、座敷に座るか座らぬかの間に、おしずがおようの手を握り、命の恩人だと言って、頭を下げた。

どういうことかと訊くと、

「ほら、前に薬湯に入った時、あたしの身体を診てくれた人がいたでしょう。伝兵衛さんだったわよね」

言われて、おようはおふじと顔を見合わせた。

「それが、何か」

おふじが訊くと、おしずが嬉しそうに言った。

「伝兵衛さんが教えてくれた薬湯をうちの者に作ってもらって、毎日入っていたんだけど、そのお陰だと思うの」

「まあ、そうだったの。でも、本当に薬湯で病が治ったのかしら」

おふじが謙遜《けんそん》したように言うと、おしずが人差指を立てた。

「あと一つあるのよ。これは誰だか分からないのだけど、店の者に、必ず病に効くからって、薬を預けてくれた人がいたのよ。それを飲んだら、嘘のようにお腹の痛みが消えたの。もう、ご飯がおいしくっておいしくって、このとおりよ」

おしずがぽんと腹を叩いて、世間は捨てたものじゃないと、満面の笑みを浮かべて言った。

薬と聞き、おようは訊かずにはいられなかった。

「どんな薬ですか。色とか、形とか」

おしずが不思議そうな顔をした。

「そうねえ、丸くて真っ白い粒が、三つだったかしら」

伝兵衛は生きている。

おようは確信し、顔をぱっと明るくした。

「薬は、いつ届いたんです」

「ちょうど一月前かしら」

「どうしたのよ、おようちゃん」

「女将さん、伝兵衛は帰ってきますよ」

「ええ？」

「いつかきっと、帰ってきます」

　おようはそう言うと、なんのことか分からず唖然《あぜん》としているおしずに頭を下げて、外へ駆け出た。廊下を歩いていた喜之助と鉢合わせになると、両手を摑み、引き寄せた。ぎょっとする喜之助に、伝兵衛が帰って来ると言うと、嬉しさあまって抱きつき、表に駆けて行った。

　喜之助は、何がなんだかわけが分からないが、顔を真っ赤に染めて、おようのことを見ていた。

　喜之助がいる廊下から見える桜の木が、春の訪れを告げるように、一つだけ花を咲かせていた。

一〇〇字書評

切り取り線

龍眼

購買動機（新聞、雑誌名を記入するか、あるいは○をつけてください）	
□（　　　　　　　　　　）の広告を見て	
□（　　　　　　　　　　）の書評を見て	
□ 知人のすすめで	□ タイトルに惹かれて
□ カバーが良かったから	□ 内容が面白そうだから
□ 好きな作家だから	□ 好きな分野の本だから

・最近、最も感銘を受けた作品名をお書き下さい

・あなたのお好きな作家名をお書き下さい

・その他、ご要望がありましたらお書き下さい

住所	〒				
氏名		職業		年齢	
Eメール	※携帯には配信できません	新刊情報等のメール配信を 希望する・しない			

この本の感想を、編集部までお寄せいただけたらありがたく存じます。今後の企画の参考にさせていただきます。Eメールでも結構です。

いただいた「一〇〇字書評」は、新聞・雑誌等に紹介させていただくことがあります。その場合はお礼として特製図書カードを差し上げます。

前ページの原稿用紙に書評をお書きの上、切り取り、左記までお送り下さい。宛先の住所は不要です。

なお、ご記入いただいたお名前、ご住所等は、書評紹介の事前了解、謝礼のお届けのためだけに利用し、そのほかの目的のために利用することはありません。

〒一〇一－八七〇一
祥伝社文庫編集長　坂口芳和
電話　〇三（三二六五）二〇八〇

祥伝社ホームページの「ブックレビュー」からも、書き込めます。
http://www.shodensha.co.jp/bookreview/

祥伝社文庫

龍《りゅう》　眼《がん》　隠《かく》れ御庭番《おにわばん》・老骨伝兵衛《ろうこつでんべえ》

平成25年10月20日　初版第1刷発行

著　者　佐々木裕一《ささきゆういち》
発行者　竹内和芳
発行所　祥伝社《しょうでんしゃ》
東京都千代田区神田神保町3-3
〒101-8701
電話　03（3265）2081（販売部）
電話　03（3265）2080（編集部）
電話　03（3265）3622（業務部）
http://www.shodensha.co.jp/

印刷所　堀内印刷
製本所　積信堂
カバーフォーマットデザイン　中原達治

 ISBN978-4-396-33889-3 C0193

祥伝社文庫の好評既刊

岡本さとる　取次屋栄三《えいざ》

武家と町人のいざこざを知恵と腕力で丸く収める秋月栄三郎。縄田一男氏激賞の「笑える、泣ける」傑作時代小説。

門田泰明　秘剣　双ツ竜　浮世絵宗次日月抄

天下一の浮世絵師宗次颯爽登場！悲恋の姫君に迫る謎の「青忍び」炸裂する！　怒濤の「撃滅」剣法

小杉健治　札差殺し　風烈廻り与力・青柳剣一郎①

旗本の子女が立て続けに自死する事件が続くなか、富商が殺された。なぜ目撃者を二人の刺客が狙うのか？

佐伯泰英　密命①　見参！　寒月霞《かすみ》斬り　新装版

切支丹《きりしたん》本所持の疑惑を受けた豊後《ぶんご》相良《さがら》藩主の密命で、直心影流の達人金杉惣《かなすぎそう》三郎《ざぶろう》は江戸へ。新剣豪小説！

坂岡　真　のうらく侍

やる気のない与力が〝正義〟に目覚めた！　無気力無能の「のうらく者」が剣客として再び立ち上がる。

鈴木英治　闇の陣羽織　惚れられ官兵衛謎斬り帖①

同心・沢宮官兵衛と中間の福之助。二人はある陣羽織に関する奇妙な伝承を耳にして…。

祥伝社文庫の好評既刊

辻堂　魁
風の市兵衛
さすらいの渡り用人、唐木市兵衛。心中事件に隠されていた奸計とは？〝風の剣〟を振るう市兵衛に瞠目！

富樫倫太郎
たそがれの町
市太郎人情控㈠
仇討ち旅の末、敵《かたき》と暮らすことになった若侍。彼はそこで何を知り、いかなる道を選ぶのか。傑作時代小説。

鳥羽　亮
新装版 鬼哭《きこく》の剣
介錯人《かいしやくにん》・野晒《のざらし》唐十郎①
首筋から噴出する血の音から名付けられた奥義「鬼哭の剣」。それを授かる唐十郎の、血臭漂う剣豪小説の真髄！

仁木英之
くるすの残光
「見たか、聞いたか、読んでみろ！これが平成の『風太郎』忍法帖だ！」文芸評論家・縄田一男氏、吼える！

野口　卓
軍鶏《しやも》侍
闘鶏の美しさに魅入られた隠居剣士が、藩の政争に巻き込まれる。流麗な筆致で武士の哀切を描く。

藤井邦夫
素浪人稼業
神道無念流の日雇い萬稼業・矢吹平八郎。ある日お供を引き受けたご隠居が、浪人風の男に襲われたが…。

祥伝社文庫　今月の新刊

樋口毅宏　民宿雪国
ある国民的画家の死から始まる、小説界を震撼させた大問題作。

南　英男　暴発　警視庁迷宮捜査班
違法捜査を厭わない男と元マル暴の、最強のコンビ、登場！

安達　瑶　殺しの口づけ　悪漢刑事《わるデカ》
男を狂わせる、魔性の唇――陰に潜む謎の美女の正体は!?

浜田文人　欲望　探偵・かまわれ玲人《れいじ》
果てなき権力欲。永田町の〝えげつない〟闘争を抉る！

門田泰明　半斬《はんざん》ノ蝶《ちょう》　下　浮世絵宗次日月抄
シリーズ史上最興奮の衝撃。壮絶な終幕、悲しき別離――

辻堂　魁　春雷抄　風の市兵衛
六〇万部突破！　夫を、父を想う母子のため、市兵衛が奔る！

野口　卓　水を出る　軍鶏《しゃも》侍
導く道は、剣の強さのみあらず。成長と絆を精緻に描く傑作。

睦月影郎　蜜仕置《みっしおき》
亡き兄嫁に似た美しい女忍びが、祐之助に淫らな手ほどきを……

八神淳一　艶《つや》同心
へなちょこ同心と旗本の姫が人の弱みにつけこむ悪を斬る。

風野真知雄　喧嘩旗本　勝小吉《かつこきち》事件帖　新装版
江戸八百八町の怪事件を座敷牢の中から解決！

佐々木裕一　龍眼　隠れ御庭番・老骨伝兵衛
敵は吉宗！　元御庭番、今は風呂焚きの老忍者が再び立つ。